메밀꽃 필 무렵 · 도시와 유령 외

책임편집 조계숙

고려대학교 국어국문학과를 졸업하고 동대학원에서 박사학위를 받았다. 현재
대진대학교 문예창작학과, 과학영재교육원에서 강의를 하고 있다.

한국 문학을 읽는다 06

메밀꽃 필 무렵 · 도시와 유령 외

인쇄 2013년 7월 10일
발행 2013년 7월 15일

지은이 · 이효석
펴낸이 · 김화정
펴낸곳 · 푸른생각
책임편집 · 조계숙 | 교정 · 김소영

등록   제310-2004-00019호
주소   서울시 중구 충무로 29(초동) 아시아미디어타워 502호
대표전화   02) 2268-8706(7) | 팩시밀리   02) 2268-8708
이메일   prun21c@hanmail.net
홈페이지   www.prun21c.com

ⓒ 푸른생각, 2013

ISBN 978-89-91918-27-6 04810
ISBN 978-89-91918-21-4 04810(세트)
 값 11,900원

06

한국 문학을 읽는다

메밀꽃 필 무렵
도시와 유령 외

이효석

책임편집 조계숙

푸른생각
PRUNSAENGGAK

우주의 모든 이치는
한 치의 오차도 없이 오직 한 사람 당신에게로 향해 있다.
— 월트 휘트먼(미국의 문인, 1819~1892)

사회의식, 순수 자연, 모더니즘의 사이에서 만난 이효석

이효석(1907~1942)은 길지 않은 인생 속에서 더없이 풍요로운 문학적 결실을 맺은 작가이다. 이효석의 문학세계는 매우 다채롭다. 첫째, 사회 문제에 비판적 시선을 보내는 작품들이 있다. 도시화, 근대화의 과정에서 출현한 도시빈민의 문제를 부각시킨 소설, 과거 진보적 사회운동을 했던 인물들이 지금은 어떻게 살고 있는지를 보여주는 후일담 소설들이다. 둘째, 순수 자연과 본능의 세계를 탐색한 작품들이 있다. 아름다운 자연과 토속성을 묘사하거나, 성 본능과 욕망이 분출하는 과정을 보여주는 소설들이다. 셋째, 모더니즘의 세계를 동경하는 작품들이다. 이효석은 영문과 교수이자 모던 보이로서 모더니즘의 세계를 자연스럽게 수용했고, 말년 작품의 서구적인 면모는 하얼빈을 통해 받아들인 것이었다. 당시 하얼빈은 백러시아 시대와 제국주의 일본의 문명을 고스란히 간직한 국제적인 대도시였기 때문에 모더니즘을 표현하기에 적합한 공간 대상이었다.

이 책에 수록한 작품은 모두 8편의 단편소설이다.

「도시와 유령」은 이효석이 문학의 사회성에 지대한 관심을 가졌던 시기에 쓴 작품으로 의미가 크다. 도시의 발달한 문명과 화려한 외형 이면에, 인간이 아니라 유령과도 같은 참혹한 삶을 살아가는 빈민이 존재함을 비판적으로 보여주는 작품이다. 조세희나 윤흥길 등이 다루었던 도시빈민의 이야기와 연결을 지어서 읽어보면 의미를 더 깊이 느낄 수 있다.

「돈」은 동반자작가 시절을 마감하면서 쓴 소설로, 가난에서 벗어나고자 어린 암퇘지를 종자로 돈을 만들어 보려는 주인공의 소망이 담겨 있다. 그러나 돼지가 기차에 치여 죽으면서 소망은 일순간에 산산조각이 난다. 궁핍한 농촌의 젊은이가 겪는 좌절, 도시에 대한 막연한 동경, 성 본능을 드러내는 돼지와 분이의 사건이 오버랩 되는 소설이다.

「수탉」은 능금을 서리하다 학교에서 쫓겨난 주인공이 규율을 깰 때 느껴지는 욕망과 결과적으로 다가오는 죄책감 사이에서 방황하는 이야기이다. 성경 속에서 아담과 이브가 금기를 어겨 에덴동산에서 쫓겨나는 이야기와 관련이 있는 소설이며, 주인공 을손의 망가진 내면은 닭싸움에서 늘 지기만 하는 수탉의 모습으로 상징화된다.

「성화」는 호프만이라는 화가가 그린 종교화와 같은 제목의 소설이다. 그림에는 그리스도의 가르침, 그 가르침을 이해하지 못하고 가버린 청년이 그려져 있다. 주인공의 벽에 걸려 있는 이 그림은 소설을 이해하는 중요한 매개이다. 불완전한 현실 속의 여인과 아름다운 꿈속 같은 세상의 여인 사이에서 갈등하는 주인공의 내면이 흥미롭게 이어진다.

「산」은 마을의 삶을 버리고 산속으로 들어와 자연과 한 몸으로 지내는 남자의 이야기다. 억울한 사건을 겪은 남자에게 마을은 배반의 공간이다. 반면 대자연의 품속에서 주인공은 포근함을 느끼고 심리적 안정을 찾는다. 주인공의 눈에 비친 자연의 모습을 파노라마로 묘사하는 문장들이 인상적인 소설이다.

「분녀」는 애욕의 세계를 보여주는 작품이다. 중심 이야기는 성에 대해 아무것도 모르던 처녀가 성의 비밀과 욕망을 하나씩 발견해나가는 과정에 있다. 주인공 분녀는 겁탈을 당해 알 수 없는 공포와 죄의식을 느끼는데, 차차 성에 대해 알게 되면 알게 될수록 자발적으로 성의 욕망을 키워나가는 자신과 대면한다는 내용이다.

「메밀꽃 필 무렵」은 작가의 고향인 봉평을 무대로 한 소설이다. 보름달이 뜬 몽환적인 배경으로 꽃이 흐드러지게 핀 메밀밭을 걸어가는 인물들의 모습은 한 편의 시와 다르지 않다. 문장 하나하나에 공을 들인 듯, 시간과 공간을 아름답고 치밀하게 묘사한 이효석 소설의 백미이다.

「장미 병들다」는 후일담 소설이다. 과거 진보운동을 하다 학교에서 쫓겨났던 경력이 있는 여주인공 남죽은 현재 극단배우이다. 남주인공 현보는 남죽이 타락한 여자인 줄 모르고 순정을 보이다가 배신을 당한다. 소설에 등장하는 싸움 장면은 주제와 통한다. 건장한 사내에게 일방적으로 패배하는 약골의 싸움은 과거 사상운동의 쇠퇴, 타락한 남죽, 배신당한 현보 등을 상징한다.

푸른생각에서 기획하여 발행하는 '한국 문학을 읽는다' 시리즈는 작품의 원문을 충실하게 실었다. 어려운 단어에는 낱말풀이를 세심하게 달아 작품의 이해를 돕고 본문의 중간 중간에 소제목을 붙여 이야기의 흐름을 놓치지 않도록 하였다. 또한 각 작품에 들어가기 전에 등장인물을 소개하고, 수록한 작품 뒤에는 줄거리를 정리한 〈이야기 따라잡기〉를 마련해놓았다. 그리고 〈쉽게 읽고 이해하기〉를 마련해 작품의 세계를 좀 더 깊게 이해할 수 있도록 했다. 또한 책의 끝에 〈작가 알아보기〉를 마련해 작가의 생애를 독자들에게 소개하였다.

 '한국 문학을 읽는다' 시리즈가 청소년뿐만 아니라 일반 독자들에게 소설을 제대로 읽고 이해하는 데 도움이 되길 기대한다. 소설을 읽음으로써 인간세계를 보다 이해하고 삶의 진정성을 인식할 수 있다고 믿는다. 그리하여 타인과 깊이 있게 소통할 수 있으며 공동체 사회의 실현에 기여할 수 있다고 생각한다. 이 소설 선집의 감상으로 그와 같은 가치가 실현될 수 있기를 희망한다.

책임편집 조계숙

차례

한국 문학을 읽는다 **메밀꽃 필 무렵 · 도시와 유령** 외

질문하는 삶을 살아라.

— 라이너 마리아 릴케(독일의 시인, 1875~1926)

「도시와 유령」(『조선지광』, 1928.7)은

지방에서 올라온 일용직 노동자인

'나'의 시선에서 바라본 서울의 모습을

그린 작품으로

도시 빈민의 참혹함과

불평등한 사회구조가 잘 드러난다.

도시와 유령

뭐? 그래도 유령이라고?
그래 그럼 유령이라고 해두자.

등장인물

나 서울의 건축공사장에서 미장이로 일하는 뜨내기 일꾼. 발달한 도시인 서울에
와서 문명의 아름다움을 경탄하던 중 도시 빈민의 처절한 삶을 목격하고 아
이러니한 감정에 빠진다. 소설 안에서 '진서방'으로 불린다.

여인 도시 빈민으로 어린 자식과 노숙을 하는 처지에 있다. 거리에서 자동차에
치여 다리를 다쳤으나 제대로 치료받지 못하고 고통받는다. 이런 여인을
'나'는 유령으로 오해한다.

김서방 '나'와 같이 공사장에서 일하는 인부. 서울에 행랑방 하나를 얻어 가족
과 살지만 집이 멀어 '나'와 함께 노숙을 하다가 유령을 본다.

박서방 공사장 동료. 서울 도처에 가득한 유령이 실은 도시 빈민임을 암시해주
는 인물.

도시와 유령

'나'는 문명의 도시 서울에서 뜨내기 일꾼이 되다

어슴푸레한 저녁, 몇 리를 걸어도 사람의 그림자 하나 찾아볼 수 없는 무인지경인 산골짝 비탈길, 여우의 밥이 다 되어버린 해골덩이가 똘똘 구르는 무덤 옆, 혹은 비가 축축이 뿌리는 버덩(나무는 없고 잡풀만 우거진, 좀 높고 평평한 거친 들)의 다 쓰러져가는 물레방앗간, 또 혹은 몇백 년이나 묵은 듯한 우중충한 늪가!

거기에는 흔히 도깨비나 귀신이 나타난다 한다. 그럴 것이다. 고요하고, 축축하고, 우중충하고. 그리고 그것이 정칙(일정한 규칙이나 법칙)일 것이다. 그러나 나는 아직도 그런 곳에서 그런 것을 본 적은 없다. 따라서 그런 것에 관하여서는 아무 지식도 가지지 못하였다. 하나 나는—자랑이 아니라—더 놀라운 유령을 보았다. 그리고 그것이 적어도 문명의 도시인 서울이니 놀랍단 말이다. 나는 그래도 문명을 자랑하는 서울에서 유령을 목격하였다. 거짓말이라구? 아니다. 거짓말도 아니고 환영도 아니었다. 세상 사람이 말하여 '유령'이라는 것을 나는 이 두 눈을 가지고 확실히 보았다.

어떻든 길게 말할 것 없이 다음 이야기를 읽으면 알 것이다.

동대문 밖에 상업학교가 가제(假製, 임시로 만듦)될 무렵이었다. 나는 날마다 학교 집터에 미장이로 다니면서 일을 하였다. 남과 같이 버젓하게 일정한 노동을 못하고 밤낮 뜨내기 벌이꾼으로밖에는 돌아다니지 못하는 나에게는 그래도 몇 달 동안은 입에 풀칠을 할 수 있었다. 마는 과격한 노동이었다. 그러므로 하루라도 쉬어본 일은커녕 한 번이라도 늦게 가본 적도 없었다. 원수같이 지글지글 타내리는 여름 태양 아래에서 이른 아침부터 저녁때까지 감독의 말 한 마디 거스르는 법 없이 고분고분히 일을 하였다. 체로 모래를 쳐라, 불 같은 태양 아래에 새까맣게 타는 석탄으로 '노리'를 끓여라, 시멘트에다 모래를 섞어라, 그것을 노리로 반죽하여라 하여 쉴 새 없는 기계같이 휘몰아쳤다. 그 열매인지 선물인지는 알 수 없으나 우리들이 다지는 시멘트가 몇백 간의 벌집 같은 방으로 변하고 친구들의 쨍쨍 울리는 끌소리가 여러 층의 웅장한 건축으로 변함을 볼 때에 미상불 우리의 위대한 힘을 또 한 번 자랑하지 않을 수 없었다. ─어리석은 미련둥이들이라……(원문 탈락)…… 어떻든 콧구멍이 다 턱턱 막히는 시멘트 가루를 전신에 보얗게 뒤집어쓰고 매캐한 노린 냄새와 더구나 전신을 한바탕 쭉 씻어내리는 땀냄새를 맡으면서 온종일 들볶아치고 나면 저녁물에는 정말이지 전신이 나른하였다. 그래도 집안 식구들을 생각하고 끼닛거리를 생각하면 마지막 힘이 났다. 일을 마치고 정신을 가다듬어가지고 일인 감독의 집으로 간다. 삯전(삯돈. 삯으로 받는 돈)을 얻어가지고 그길로 바로 술집에 가서 한잔 빨고 나면 그제야 겨우 제 세상인 듯싶었던 것이다.

술! 사실 술처럼 고마운 것은 없었다. 버쩍버쩍 상하는 속, 말할 수 없는 피로를 잠시라도 잊게 하는 것은 그래도 술의 힘이었다.

'나'는 일이 끝나고 거처할 곳이 없어 노숙할 곳을 찾다

그날도 나는 술김에 얼근하였었다. 다른 때와 같이 역시 맨 꽁무니에 떨어진 김서방과 나는 삯전을 받아들고 나서자마자 행길 옆 술집에서 만판 먹어댔다.

술집을 나와보니 벌써 밤은 꽤 저물었었다. 잠을 자도 한잠 너그러지게 잤을 판이었다. 잠이라니 말이지 종일 피곤하였던 판에 주기조차 돌아놓으니 사실이지 글자대로 눈이 스르르 내리감겼다. 김서방과 나는 즉시 잠자리로 향하였다.

잠자리라니 보들보들한 아름다운 계집이 기다리고 있는 분홍 모기장 속 두툼한 요 위인 줄은 알지 말아라. 그렇다고 어둠침침한 행랑방으로 알라는 것도 아니다. 비록 빈대에는 뜯길망정 어둠침침한 행랑방 하나 나에게는 없었다. 단지 내 몸뚱이 하나인 나는 서울 안을 못 돌아다닐 데 없이 돌아다니면서 노숙을 하였던 것이다. (그래도 그것이 여름이었으니 말이지 겨울이었던들 꼼짝없이 얼어죽었을 것이다.) 따라서 세상에 못 볼 것을 다 보고 겪어왔었다. 참말이지 별별 야릇하고 말 못할 일이 많았다. 여기에 쓰는 이야기 같은 것은 말하자면 그중에서 가장 온당한 이야기의 하나에 지나지 못한다.

어떻든 김서방 — 도 이미 늦었으니 행랑 구석에 가서 빈대에게 뜯기는 것보다는 오히려 노숙하기를 좋아하였다 — 과 나는 도수장(屠獸場, 도살장. 고기를 얻기 위하여 소나 돼지 따위의 가축을 잡아 죽이는 곳)께를 지나서 동묘 앞까지 갔었다.

동묘 안으로 들어갔다가 유령을 목격하다

어느 결엔지 가는 비가 보실보실 뿌리기 시작하였다. 축축한 어둠 속에 칙칙한 동묘가 그 윤곽을 감추고 있었다. 사방은 고요하였다.

"이놈들 게 있거라!"

별안간에 땅에서 솟은 듯이 이런 음성이 들렸다. 나는 깜짝 놀라는 대신에 빙긋 웃었다.

"이래보여두 한여름 동안을 이런 데루 댕기면서 잠자는 놈이다. 그렇게 쉽게 놀라겠니."

하는 담찬(겁없이 대답하고 야무진) 소리를 남겨놓고 동묘 대문께로 갔다. 얘기한 바와 다름없이 거기에는 벌써 우리 따위의 친구들이 잠자리를 차지하고 있었다. 그래도 꽤 넓은 대문간이지만 그 속에 그득하게 고기새끼 모양으로 오르르 차 있었다. 이리로 눕고 저리로 눕고 허리를 베고 발치에 코를 박고 드르렁드르렁 코를 골고.

"이놈들 게 있거라!"

"아이그 그년……."

"이런 경칠 자식 보게."

엎치락뒤치락 연해 연방(계속) 잠꼬대 소리가 뒤를 이었다. 그러면 이쪽에서는,

"술맛 좋다!"

하고 입맛을 쩝쩝 다시는 사람도 있었다. 그 바람에 나도 끌려서 어느 결에 쩝쩝 다시려던 입을 꾹 다물어버리고 나는 어이가 없어 웃으면서 김서방을 둘러보았다.

"어떡할려나?"

"가세!"

"가다니?"

"아 아무 데래두 가 자야지."

김서방 역시 웃으면서 두 손으로 졸린 눈을 비볐다.

"이 세상에선 빠른 게 첫째야, 이 잠자리두 이젠 세가 나네그려, 허허허."
하면서 발꿈치를 돌리려 할 때이다. 나는 으레 닫혀 있어야 할 동묘 안으로
통한 문이 어쩐 일인지 반쯤 열려 있는 것을 발견하였다. 나는 앞선 김서방
의 어깨를 탁 쳤다.

"여보게, 저리로 들어가세."

"어디루 말인가?"

김서방은 시원치 않은 듯이 역시 눈만 비볐다.

"저 안으로 말야. 지금 가면 어딜 간단 말인가. 아무 데래두 쓰러져 한잠
자면 됐지."

"그래두."

"머, 고지기(관아의 창고를 보살피고 지키던 사람)한테 들킬까 봐 말인가? 상관
있나 그까짓 거 낼 식전에 일찍이 달아나면 그만이지."

그래도 시원치 않은 듯이 머리를 긁는 김서방의 등을 밀치면서 나는 안으로
들어갔다. 중문턱까지 들어서니 더한층 고요하였다. 여러 해 동안 버려두었던
빈집터같이 어둠 속으로 보아도 길이 넘는 잡풀이 숲속같이 우거져 있고 낮
에 보아도 칙칙한 단청(전통 양식의 건축물에 여러 가지 빛깔로 그림이나 무늬를 그리는
일, 또는 그 그림이나 무늬)이 어둠에 물들어 더한층 우중충하고 게다가 비에 젖어
서 말할 수 없이 구중중한 느낌을 주었다. 똑바로 말이지 청안에 안치한 그림

속에서 무서운 장사가 뛰어 내닫지나 않을까 하고 생각할 때에 머리끝이 쭈뼛하여지는 것을 어찌할 수 없었다.

거진(거의) 옷을 적실 만하게 된 빗발을 피하여 앞뜰을 지나 넓은 처마 밑에 이르렀다. 그 자리에 그대로 푹 주저앉아 겨우 안심한 듯이 숨을 내쉬었다.

그때이었다.

"에그, 저게 뭔가 이 사람!"

김서방은 선뜻 나의 팔을 꽉 잡았다. 그가 가리키는 곳에 시선을 옮긴 나는 새삼스럽게 놀라지 않을 수 없었다. 별안간에 소름이 쪽 돋고 머리끝이 또다시 쭈뼛하였다.

불과 몇 간 안 되는 건너편 정전(正殿, 옛날, 임금이 조회를 하던 궁전) 옆에! 두어 개의 불덩어리가 번쩍번쩍하였다. 정신의 탓이었던지 파랗게 보이는 불덩이가 땅을 휘휘 기다가는 훌쩍 날고 날다가는 꺼져버렸다. 어디선지 또 생겨서는 또 날다가 또 꺼졌다.

무섬(무서움) 잘 타기로 유명한 왕눈이 김서방은 숨을 죽이고 살려달라는 듯이 나에게로 바짝 붙었다.

"하하하하……."

나는 모든 것을 다 이해하였다는 듯이 활연히(의문을 밝게 깨달은 모양으로) 웃고 땀을 빠지지 흘리고 있는 김서방을 보았다.

"미쳤나, 이 사람!"

오히려 화가 버럭 난 김서방은 말끝도 채 못 마쳤다.

"하하하 속았네, 속았어."

"……."

"속았어, 개똥불(반딧불의 방언)을 보고 속았단 말야, 하하하."

"머 개똥불?"

김서방은 그래도 못 미덥다는 듯이 그 큰 눈을 아직도 휘둥그렇게 뜨고 있었다.

"그래 개똥불야, 이거 볼려나?"

하고 나는 손에 잡히는 작은 돌멩이를 하나 집어들었다. 그리고 두어 걸음 저벅저벅 뜰 앞까지 나가서 역시 반짝거리는 개똥불을 겨누고 돌을 던졌다.

하나 나는 짜장(정말로) 놀랐다. 돌을 던지면 헤어져야 할 개똥불이 헤어지긴커녕 요번에는 도리어 한군데 모여서 움직이지도 않고 그 무슨 정세를 살피는 듯이 고요히 이쪽을 노리고 있지 않은가!

나는 또 숨을 죽이고 그곳을 들여다보았다. 오 ─ 그때에 나는 더 놀라운 것을 발견하였다. 꺼졌다 또 생긴 불에 비쳐 협수룩한 산발(머리를 풀어 헤침. 또는 그 머리)과 똑똑치(확실하지) 못한 희끄무레한 자태가 완연히 드러났다. 그제야 '흥, 흥' 하는 후렴 없는 신음 소리조차 들려오는 줄을 알았다.

"에그머니!"

나는 순식간에 달팽이같이 오므라졌다. 그리고 또 부끄러운 말이지만 겨우 정신을 차렸을 때에 나는 동묘 밖 버드나무 밑에 쓰러져 있는 나 자신을 발견하였었다. 사실 꿈에서나 깨어난 듯하였다. 곁에는 보나 안 보나 파랗게 질린 김서방이 신장대(무당이 신이 내릴 때 쓰는 막대기나 나뭇가지) 모양으로 벌벌 떨고 있었다.

서울 거리를 헤매다 결국 김서방의 행랑방에서 자다

밤이 이슥하였는데 집으로 돌아가기도 무엇하니 나머지 밤을 동대문께

가서 새우자고 김서방이 제언하였다.

비는 여전히 뿌리고 있었다. 뒤에서 무어가 쫓아오는 듯하여 연해연방 뒤를 돌아보면서 큰 행길에 나섰을 때에는 파출소 붉은 전등만 보아도 산듯싶었다.

허둥허둥 동대문 담 옆까지 갔었다.

고요한 담 밑에는 아무것도 없었다. 모든 것을 집어삼킨 캄캄한 어둠밖에는—물론 파란 도깨비불도 없다.

'애초에 이리로 왔더라면 아무 일두 없었을걸.'

후회 비슷하게 탄식하고 어디가 어디인지 분간할 수 없어서 '에라 아무 데나' 하고 그 자리에 푹 주저앉았다. 하자—

나는 놀라기 전에 간이 싸늘해졌다. 도톨도톨한 조약돌이나 그렇지 않으면 축축한 흙이 깔려 있어야만 할 엉덩이 밑에—하나님 맙소사!—나는 부드럽고도 물큰한 촉감을 받았다.

뿐이 아니다. 버들껑하는 동작과 함께 날카로운 소리가 독살스런 땡삐(땅벌의 경상도 방언)같이 나의 귀를 툭 쏘았다.

"어떤 놈야 이게!"

나는 고무공같이 벌떡 뛰었다. 그리고는 쏜살같이—그 꼴이야말로 필연코 미친놈 모양이었을 것이다—줄행랑을 놓았다.

김서방도 내 뒤에서 헐레벌떡거렸다.

"제발 사람을 죽이지 마라."

김서방은 거의 울음겨운 목소리로 부르짖었다.

"이놈의 서울이 사람 사는 곳이 아니구 도깨비굴이었던가."

나 역시 나중에는 맡길 데 없는 분기(분한 기운)가 솟아올랐다.

그러나 또 한편으로는 한없이 어리석고 못생긴 우리의 꼴들을 비웃고도 싶었다. 잘 알지는 못하지만 세상에 원 도깨비나 귀신치고 몸뚱어리가 보들보들하고 물큰물큰하고—아니 그건 그렇다고 해두더라도 '어떤 놈야 이게!' 하고 땡삐 소리를 치다니 그게 원…… 하고 의심하여 볼 때에는 더구나 단단치 못하게 겁을 집어먹은 것이 짝없이 어리석게 생각되었다. 그렇다고 그 자리에서 또 발을 돌려 그 정체를 탐지하러 갈 용기가 있었느냐 하면 그렇지도 못하였다.

하는 수 없이 보슬비를 맞으면서 시구문(屍口門, 시체를 내가는 문이라는 뜻으로, 수구문(水口門)을 달리 이르던 말) 밖 김서방네 행랑방까지 가지 않으면 안 되었다. 가제나 덕실덕실 끓는 식구 틈에 끼여서 하룻밤의 폐를 끼쳤다—고 하여도 불과 두어 시간의 폐일 것이다—막 한잠 자려고 드러누웠을 때에는 벌써 날이 훤히 새었으니까.

이렇게 하여 나는 원 무엇이 씌었던지 하룻밤에 두 번씩이나 도깨비인지 귀신한테 혼이 났다. 사실 몇 해 수는 감하였을 것이다. 그러나 대체 누구를 원망하면 좋았으리요? 술 먹고 늑장을 댄 나 자신일까, 노숙하지 않으면 아니 된 나의 운명일까, 혹은 도깨비나 귀신 그것일까, 그렇지 않으면 그 외의 무엇일까…… 나는 이제야 겨우 이 중의 어느 것을 원망하는 것이 마땅하다는 것을 똑똑히 깨달았다.

박서방이 유령의 정체에 대해 뼈 있는 말을 하다

어떻든 유령 이야기는 이만이다. 하나 참이야기는(진짜 이야기는) 이로부터다. 잠 못 자 곤한 것도 무릅쓰고 나는 열심으로 일을 하였다. 비는 어느 결에 개버렸던지 또 푹푹 내리쬐는 태양 아래에서 시멘트 가루를 보얗게 뒤집어쓰고 줄줄 흐르는 땀에 젖어가면서.

그러는 동안에도 나는 전날 밤에 당한 무서운 경험을 머릿속으로 되풀이하여 보지 않을 수 없었다. 도깨비면 도깨빈가 보다 하고만 생각하여 두면 그만이었지마는 그래도 그것을 그렇게 단순하게 썩 닦아버릴 수는 없었다.

'대체 원 도깨비가……'

하고 요리조리로 무한히 생각하였다. 하나 아무리 생각한다 하더라도 결국 나에게는 풀지 못할 수수께끼에 지나지 못하였다.

하는 수 없이 나는 점심시간을 타서 친구들에게 그 이야기를 하였다. 모두들 적지 않은 흥미를 가지고 들었다.

"머 도깨비?"

이층 꼭대기에 시멘트를 갖다주고 내려온 맹꽁이 유서방은 등에 매었던 통을 내려놓기도 전에 눈을 휘둥그렇게 떴다.

"내가 있었더라면 그까짓 걸 그저……"

벤또(도시락의 일본말)를 박박 긁던 덜렁이 최서방은 이렇게 뽐냈다.

그러나 가장 침착하게 담배를 푹푹 피우던 대머리 박서방만은 그다지 신통치 않은 듯이,

"그래 그것한테 그렇게 혼이 났단 말인가…… 딴은 왕눈이 따위니까."

하면서 믿지 않게 싱글싱글 웃으면서 김서방과 나를 등분으로 건너보았다. 그리고,

"도깨비 도깨비 해두 나같이 밤마다야 보겠나."

하고 빨던 담배를 툭툭 털더니 이야기를 꺼냈다.

"바로 우리 집 옆에 빈집이 하나 있네. 지금 있는 행랑에 든 지가 몇 달

안 되어 모르긴 모르겠으나 어떻게 된 놈의 집이 원 사람이 들었던 집인지 안 들었던 집인지 벽은 다 떨어지구 문짝 하나 없단 말야. 그런데 그 빈집에 말일세."

여기서 박서방은 소리를 한층 높였다.

"저녁을 먹구 인제 골목쟁이(골목에서 더 깊숙이 들어간 좁은 곳)를 거닐지 않겠나. 그러면 그때일세. 별안간 고요하던 빈집에 불이 하나씩 둘씩 꺼졌다 켜졌다 하겠지. 그것이 진서방("나"를 가리켜 하는 말) 말마따나 무엇을 찾는 듯이 슬슬 기다가는 꺼지고 꺼졌단 또 생긴단 말야. 그런데 그런 불이 차차 늘어가겠지. 그리곤 무언지 지껄지껄하는 소리가 나자 한쪽에서는 돈을 세는지 은방망이로 장난을 하는지 절걱절걱하다간 또 무엇을 먹는지 쭉쭉 하는 소리까지 들리데. 그러나 그뿐인가. 어떤 날은 저희끼리 싸움을 하는지 씨름을 하는지 후당탕하면서 욕지거리, 웃음소리 참 야단이지. 그러다가두 밤중만 되면 고요해지지만 그때면 또 별 괴괴망측한 소리가 다 들려오데."

박서방은 여기서 말을 문득 끊더니,

"어때 재미들 있나?"

하고 좌중을 둘러보면서 싱글싱글 웃었다.

"정말유 그게?"

웅크리고 앉았던 덜렁이 최서방은 겨우 숨을 크게 쉬면서 눈을 까불까불 하였다.

"그럼 정말 아니구 내가 그래 자네들을 데리구 실없는 소리를 하겠나."

하면서 박서방은 말을 이었다.

"하나 너무 속지들은 말게. 그런 도깨비는 비단 그 빈집에나 진서방들 혼난 데만 있는 것이 아닐세. 위선 밤에 동관이나 혹은 종묘께만 가보게. 시글시글할 테니."

나의 도깨비 이야기를 하여 의심을 풀려던 나는 박서방의 도깨비 이야기로 하여 그 의심을 더한층 높였을 따름이었다. 더구나 뼈 있는 그의 말과 뜻있는 듯한 그의 웃음은 더한층 알지 못할 수수께끼였다.

"그럼 대체 그 도깨비가 무엇이란 말유?"

"내가 이 자리에서 길다랗게 말할 것 없이 자네가 오늘 저녁에 또 한번 가서 찬찬히 살펴보게. 그러면 모든 것이 얼음장같이……."

할 때에 박서방의 곁에 시커먼 것이 나타났다.

"무슨 얘기 했소?"

일인 감독의 일할 시간이 왔다는 것을 고하는 듯한 소리였다.

"오소 오소 일이 해야지."

모두들 툭툭 털고 일어났다.

나도 하는 수 없이 박서방에게 더 캐묻지도 못하고 자리를 일어나서 나 맡은 일터로 갔다.

'나'는 유령을 다시 확인하러 동묘로 가다

그날 저녁이다.

결국 나는 또 한번 거기를 가보기로 작정하였다. 물론 김서방은 뺑소니를 치고 나 혼자다. 뻔히 도깨비가 있는 줄 알면서 또 가기는 사실 속이 켱겼다(자기가 저지른 일에 대하여 슬그머니 겁이 났다). 하나 또 모든 의심을 풀어 버리고 그 진상을 알려 하는 나의 욕망은 그보다 크면 컸지 적지는 않았다. 나는 장차 닥쳐올 모험에 가슴을 벌떡이면서 발에다 용기를 주었다.

'까짓거 여차직하면 이걸로.'

하고 손에 든 몽둥이—나는 만일의 경우를 염려하여 몽둥이 하나를 준비하였던 것이다—를 번쩍 들 때에 나는 저절로 흘러나오는 미소를 금할 수 없었다. 도깨비를 정복하러 가는 유령장군같이도 생각되어서 사실 한다하는 ×자 놈들이면 몰라도 무엇을 못 먹겠다고 하필 가난뱅이 노숙자들을 못살게 굴고 위협과 불안을 주는 유령을 정복하여 버리는 것은 사실 뜻있고도 용맹스런 사업일 것이다—고 나는 생각하였다.

어떻든 장차 닥쳐올 모험에 가슴을 벌떡이면서 발에다 용기를 주었다.

어두워가는 황혼 속에 음침한 동묘는 여전히 우중충하였다.

좀 이르다고 생각하였으나 나오기를 기다리면 되지 하고 제멋대로 후둑후둑 뛰는 가슴을 가라앉히고 아직도 열려 있는 대문을 서슴지 않고 들어섰다.

중문을 들어서 정전 앞으로 몇 발짝 걸어갔을 때이다.

전날 밤에 나타났던 정전 옆 바로 그 자리에 협수룩하게 산발한 두 개의 그림자가 있었다. 그러나 나는 벌써 어리석은 전날 밤의 나는 아니었다.

'원 요런 놈의 도깨비가……'

몽둥이를 번쩍 들고 사실 장군다운 담을 가지고 나는 그 자리까지 달려갔다.

다리를 다친 여인과 어린 아들을 유령으로 착각하다

하나!

나의 손에서는 만신의 힘이 맺혔던 몽둥이가 힘없이 굴러 떨어졌다—유령장군이 금시에 미치광이 광대새끼로 변하여버렸던 것이다.

'원 이런 놈의…….'

틀림없던 도깨비가 순식간에 두 모자의 거지로 변하다니! 이런 기막힌 일이 어디 있단 말인가.

다음 순간 그 무엇을 번쩍 돌려 생각한 나는 또다시 몽둥이를 번쩍 들었다.

"요게 정말 도깨비 장난이란 거야."

하나 도깨비란 소리에 영문을 모르는 두 모자는 손을 모으고 썩썩 빌었다.

"아이구, 왜 이럽니까?"

이건 틀림없는 사람의 목소리였다.

"나가라면 그저 나가라든지 그래 이 병신을 죽이시렵니까. 감히 못 들어 올 덴 줄은 알면서도 할 수 없이……."

눈물겨운 목소리로 이렇게 사죄를 하면서 여인네는 일어나려고 무한히 애를 썼다. 어린애는 울면서 그를 붙들었다.

역시 광대에 지나지 못한 나는 너무도 경솔한 나의 행동을 꾸짖고 겨우 입을 열었다.

"아니우, 앉아 계시우. 나는 고지기두 아무것두 아니니."

"네?"

모자는 안심한 듯한 동시에 감사에 넘치는 눈으로 나를 쳐다보았다.

"어젯밤에 여기에 아무것도 나오지 않았소?"

무어가 무언지 분간할 수 없는 나는 이렇게 물었다.

"네? 나오다니요? 아무것두 나오지는 않았습니다. 그리구 단지 우리 모 자밖에는 여기 아무것두 없었습니다."

여인네는 어사무사하여서(생각이 날 듯 말 듯하여) 이렇게 대답하였다.

"그럼 대체 그 불은?"

나는 그래도 속으로 의심하면서 주위로 눈을 휘둘렀다.

"무슨 일이나 생겼습니까? 정말 저희들밖에는 아무것두 없었습니다. 그리구 저희는 저지른 것두 없습니다. 밤중은 돼서 다리가 하두 아프길래 약을 바르려고 찾으니 생전 있어야지유. 그래 그것을 찾느라구 성냥 한 갑을 다 그어 내버린 일밖에는 아무것도 없었습니다."

하고 여인네는 한쪽 다리를 훌떡 걷었다. 그리고 눈물이 그 다리 위에 뚝뚝 떨어지기 시작하였다.

나는 모든 것을 얼음장 풀리듯이 해득(解得, 깨우쳐 앎)하기는 하였으나 여기서 또한 참혹한 그림을 보지 않으면 안 되었다. 그의 훌떡 걷은 한편 다리! 그야말로 눈으로는 차마 보지 못할 것이었다. 발목은 끊어져 달아나고 장딴지는 나뭇개비같이 마르고 채 아물지 않은 자리가 시퍼렇게 질려 있었다.

"그놈의 원수의 자동차…… 그나마 얻어먹지도 못하게 이렇게 병신을 맨들어 놓고……."

여인네는 울음에 느끼기 시작하였다.

"자동차에요?"

"네, 공원 앞에서 그놈의 자동차에……."

'나'는 얼마전 자동차 사고를 본 일을 떠올리다

나는 문득 어슴푸레한 나의 기억의 한 귀퉁이를 번개같이 되풀이하였다.

달포 전.

어느 날 밤이었다.

그날도 나는 이유 없이-가 아니라 바로 말하면 바람 쏘이러-밤 장안을 헤매고 있었다. 장안의 여름밤은 아름다웠다.

낮 동안에 이글이글 타는 해에 익은 몸뚱어리에 여름밤은 둘 없이 고마운 선물이었다. 여름의 장안 백성들에게는 욱신욱신한 거리를 고무풍선같이 떠다니는 파라솔이 있고, 땀을 들여주는 선풍기가 있고, 타는 목을 식혀주는 맥주 거품이 있고, 은접시에 담긴 아이스크림이 있다. 그리고 또 산차고 물 맑은 피서지 삼방이 있고, 석왕사가 있고, 인천이 있고, 원산이 있다. 그러나 그런 것은 꿈에도 못 보는 나에게는 머루알빛 같은 밤하늘만 쳐다보아도 차디찬 얼음 냄새가 흘러오는 듯하였다. 이것만 하더라도 밤 장안을 헤매는 것은 무의미한 일은 아니었다. 게다가 무엇보다도 거리 위에 낮거미새끼같이 흩어진 계집의 얼굴 – 은새레 분 냄새만 맡을 수 있는 것만 하여도 사실 밤 장안을 헤매는 값은 훌륭히 될 것이었다.

그러나 장안의 여름밤을 아름다운 꿈으로만 생각하는 것은 큰 실수이다. 거기에는 생활의 무거운 짐이 있다. 잔칫집 마당같이 들볶아치는 야시(야시장(夜市場)의 준말)에는 하루면 스물네 시간의 끊임없는 생활의 지긋지긋한 그림이 벌어져 있었다. 거기에는 낮과 다름없이 역시 부르짖음이 있고 싸움이 있고 땀이 있었다.

그러나 아무튼지 간에 가슴을 씻어주는 시원한 맛은 싫은 것은 아니었다. 여름밤은 아름다웠다. 그런고로 나는 공원 앞 큰 행길 옆에 사람이 파도를 일으키면서 요란히 수물거리는 것은 구태여 볼 것 없이 술김에 얼근한 주객이나 그렇지 않으면 야시의 음악가 깽깽이(해금) 타는 친구를 둘러싸고 있는 것이려니 생각하고,

'흥 여름밤이니까!'

혼자 중얼거리면서 무심코 그곳을 지나려 하였다.

그러나 사람들의 수물거리는 품이 주정꾼이나 혹은 깽깽이꾼의 경우와는 달랐다.

그리고 무엇보다도,

노자 노자
젊어 노자
먹구 마시구
만판 노자

하는 주객의 노래는 안 들렸다. 그렇다고 밤사람을 취하게 하는 '아름다운' 깽깽이 노래도 들려오지는 않았다.

'그러문 대체……'

나의 발길은 부지중에 그리로 향하였다.

'머? 겨우 요술꾼 약장수야!'

나는 거의 실망에 가까운 어조로 이렇게 중얼거리고 대수롭지 않은 듯이 발길을 돌이키려 할 때이다. 사람들의 수물거리는 틈으로 나는 무서운 것을 보았다.

군중의 숲에 싸여서 안 보이는 한 채의 자동차와 그 밑에 깔린 여인네 하나를 보았다. 바퀴 밑에는 선혈이 임리(피나 땀, 물 등이 홍건하게 흐르거나 뚝뚝 떨어지는 모양)하고 그 옆에는 거지 아이 하나가 목을 놓고 울면서 쓰러져 있었다.

'자동차 안에는.'

하고 보니 아니나다를까 불량배와 기생년들이 그득하였다.

'오라질 연놈들!'

'자동찰 타니 신이 나서 사람까지 치니.'

'원 끔찍두 해라.'

이런 말마디를 주우면서 나는 어느 결에 그 자리를 밀려져 나왔었다.

"그래 당신이 그……."

나는 되풀이하던 기억의 끝을 문득 돌려 이렇게 물었다.

"네, 그렇답니다. 달포 전에 그 원수의 자동차에 치여가지구 병원엔지 무엔지를 끌구 가니 생전 저 어린것이 보구 싶어 견딜 수 있어야지유. 그래 한 달두 채 못 돼 도루 나오지 않았어요. 그랬더니 이놈의 다리가 또 아프기 시작해서 배길 수 있어야지유. 다리만 성하문야 그래두 돌아댕기면서 얻어먹을 수는 있지만……."

여인네는 차마 더 볼 수 없는 다리를 두 손으로 만지면서 울음에 느꼈다.

나는 그의 과거를 더 캐물으려고도 하지 않았다. 아니 묻지 않아도 그의 대답은 뻔한 것이었다.

'집이 원래 가난했습니다. 그런데다가 남편이 죽구 나니…….'

비록 이런 대답은 안 할지라도 그 운명이 그 운명이지 무슨 더 행복스런 과거를 찾아낼 수 있었으리요.

나의 눈에는 어느 결엔지 눈물이 그득히 고였었다. '동정은 우월감의 반쪽'일는지 아닐는지는 모른다. 하나 나는 나도 모르는 동안에 주머니 속에 든 대로의 돈을 모두 움켜서 뚝 떨어지는 눈물과 같이 그의 손에 쥐어주었다. 그리고는 아무 말 없이 부리나케 그 자리를 뛰어나왔다.

문명이 발달과 유령의 출현이 비례하여 많아짐을 비판하다

이야기는 이만이다.

독자여 이만하면 유령의 정체를 똑똑히 알았겠지. 사실 나도 이제는 동대문이나 동관이나 종묘나 또 박서방이 말한 빈집터에 더 가볼 것 없이 박서방의 뼈 있는 말과 뜻있는 웃음을 명백히 이해하였다.

　그리고 나는 모두 나와 같은 운명을 가진 애매한 친구들을 유령으로 생각하고 어리석게 군 나를 실컷 웃어도 보고 뉘우쳐보기도 하였다.

　독자여 뭐? 그래도 유령이라고? 그래 그럼 유령이라고 해두자. 그렇게 말하면 사실 유령일 것이다 ― 살기는 살았어도 기실(사실) 죽어 있는 셈이니!

　어떻든 유령이라고 해두고 독자여 생각하여 보아라. 이 서울 안에 그런 유령이 얼마나 많이 늘어가는가를!

　늘어간다고 하면 말이다. 또 되풀이하는 것 같지만 첫 페이지로 돌아가서, 어슴푸레한 저녁, 몇 리를 걸어도 사람의 그림자 하나 찾아볼 수 없는 무인지경인 산골짝 비탈길, 여우의 밥이 다 되어버린 해골덩이가 똘똘 구르는 무덤 옆, 혹은 비가 축축이 뿌리는 버덩의 다 쓰러져가는 물레방앗간, 또 혹은 몇백 년이나 묵은 듯한 우중충한 늪가!

　거기에 흔히 나타나는 유령이 적어도 문명의 도시인 서울에 오히려 꺼림없이(거리낌없이) 나타나고 또 서울이 나날이 커가고 번창하여 가면 갈수록 유령도 거기에 정비례하여 점점 늘어가니 이게 무슨 뼈저린 현상이냐! 그리고 그 얼마나 비논리적, 마술적 알지 못할 사실이냐! 맹랑하고도 기막힌 일이다. 두말할 것 없이 이런 비논리적 유령은 결코 있어서는 안 될 것이다.

　그러면 어떻게 하면 이 유령을 늘어가지 못하게 하고 아니 근본적으로 생기지 못하게 할 것인가?

　현명한 독자여! 무엇을 주저하는가. 이 중하고도 큰 문제는 독자의 자각과 지혜와 힘을 기다리고 있지 않은가.

이야기 따라잡기

　어느 여름, '나'는 문명의 도시인 서울에 와서 건축공사장 미장이 일을 얻는다. 뜨내기 일꾼이라 일정한 거처가 없는 나는 노숙을 한다. 그날 밤에도 나는 김서방과 노숙할 곳을 찾다가 동묘 문 안으로 들어갔는데, 도깨비불과 유령을 목격하고 기겁을 한다.

　다음날 공사현장에서 전날 있던 유령 이야기를 하자 박서방이 뼈 있는 말과 웃음으로 서울은 그런 도깨비로 가득차 있다고 한다. '나'는 용기를 내어 지난 밤의 유령을 다시 확인하려고 동묘를 찾아간다. 그러나 정작 발견한 것은 거지 모자였다. 여인은 자동차에 다리를 다친 참혹한 모습으로 어린 자식과 노숙을 하고 있었고, 어젯밤 나는 그들을 도깨비로 착각한 것이다.

　'나'는 얼마 전 밤에 아름다운 서울의 도시 풍경과 문명에 취해 거리를 거닐던 중 자동차 사고 현장을 목격했던 일을 떠올렸다. 바로 그 피해자가 여인이었던 것이다. '나'는 여인이 너무나 불쌍하여 있는 돈을 다 내어주고 그곳을 떠난다. '나'는 도시의 문명이 발달할수록 유령도 비례하여 늘어가는 아이러니한 현상에 비판의 목소리를 높인다.

이효석

쉽게 읽고 이해하기

작가의 본격 문단 데뷔 작품

「도시와 유령」은 1928년 7월 『조선지광』에 발표한 작품이다. 이효석은 이미 1925년부터 작품활동을 시작하였다. 1925년에 제일고보를 졸업하기 직전에 『매일신보』에 시 「봄」과 콩트 「여인」을 투고했고, 경성제국대학 예과로 진학한 후에도 『매일신보』와 『청년』에 여러 편의 작품을 발표했다. 그중 「주리면-어떤 생활의 단편」은 최초의 단편소설이라고 할 만하다. 하지만 문단에서 주목을 받게 된 작품은 바로 「도시와 유령」이고, 이 작품이 본격적으로 소설가 활동을 시작한 첫 작품으로 평가받는다.

도시화의 명과 암, 동반자 작가 시절의 작품

이 소설은 당시 하나의 주류였던 프롤레타리아 문학운동을 반영한 작품이다. 프롤레타리아 문학운동은 1920년대와 1930년대 전반에 걸쳐 일어났으며, 노동자와 농민의 비참한 현실을 주제로 다루는 사조로, 대표적 단체로는 '카프(KAPF, 조선 프롤레타리아 예술가 동맹)'가 있다. 이효석은 이

단체의 활동에 적극적으로 가담하지 않았으나, 심정적으로는 동조하는 입장에 있었다. 유진오와 채만식 등도 같은 그룹이었고 문단에서는 이들을 '동반자 작가'라 칭했다.

소설 속의 '나'라는 인물은 지방에서 올라와 건축공사장에서 일하는 일당노동자로 설정되어 있다. 가장 발전한 도시인 서울 한복판에서 근대식 건물을 건축하는 데 종사하는 '나'는 정작 거처가 없이 시내에서 노숙을 한다. 이때 유령인 줄 알고 놀랐던 모자가 화려한 도시 이면에서 장기간 노숙을 하는 도시 빈민들이었음을 발견하는 것이 이 소설의 주요 스토리이다.

20세기 내내 진행된 도시화와 근대화의 과정에서 부의 분배는 공정하지 않았고, 따라서 도시 빈민이 겪는 참혹함은 사회구조상 일어날 수밖에 없는 것인지도 모른다. 조세희의 소설 『난장이가 쏘아올린 작은 공』도 1970년대 급속한 경제발전의 뒷골목에서 사라져가는 달동네 노동자들을 그리고 있는데, 이들의 삶도 이효석의 「도시와 유령」의 연장선상에 있다고 볼 수 있다.

「돈(豚)」(『조선문학』, 1933.10)은

궁핍한 농촌현실에서 겪는 젊은이의

좌절과 도시에 대한 동경이 담겨 있으며

강렬한 반전을 주는 작품이다.

돈(豚)

잠자코 섰는 까칠한 암퇘지와 분이의 자태가
서로 얽혀서 그의 머릿속에 추근하게 떠올랐다.

등장인물

식이 자기가 기른 암퇘지를 기반으로 궁핍한 생활을 면하려 애쓰는 인물. 그러
나 일은 계획대로 풀리지 않는다. 분이와 함께하려는 공상에 빠졌다가 기차
에 치어 돼지를 잃고 꿈은 산산조각이 난다.

돈(豚)

종묘장에서는 암퇘지 씨 붙이는 일이 한창이다

옛 성 모퉁이 버드나무 까치 둥우리 위에 푸르둥한 하늘이 얕게 드리웠다.

토끼우리에서 하이얀 양토끼가 고슴도치 모양으로 까칠하게 웅크리고 있다. 능금나무 가지를 간들간들 흔들면서 벌판을 불어오는 바닷바람이 채 녹지 않은 눈 속에 덮인 종묘장(種苗場, 묘목이나 어린 동물을 기르는 곳) 보리밭에 휩쓸려 돼지우리에 모질게 부딪친다.

우리 밖 네 귀의 말뚝 안에 얽어매인 암퇘지는 바람을 맞으면서 유난히 소리를 친다. 말뚝을 싸고도는 종묘장 씨돝(씨돼지. 품종 개량이나 번식을 위해 기르는 좋은 품종의 수퇘지)은 시뻘건 입에 거품을 뿜으면서 말뚝의 뒤를 돌아 그 위에 덥석 앞다리를 걸었다. 시꺼먼 바위 밑에 눌린 자라 모양인 암퇘지는 날카로운 비명을 울리며 전신을 요동한다(흔든다). 미끄러진 씨돝은 게걸덕거리며 다시 말뚝을 싸고돈다. 앞뒤 우리에서 응하는 돼지들의 고함에 오후의 종묘장 안은 떠들썩했다.

반 시간이 넘어도 여의치 않았다. 둘러싸고 보던 사람들도 흥이 식어서 주춤주춤 움직인다. 여러 번째 말뚝 위에 덮쳤을 때에 육중한 힘에 말뚝이 와싹 무지러지면서(중간이 끊어져서 두 동강 나면서) 그 바람에 밑에 깔렸던 돼지는 말뚝의 테두리로 벗어져서 뛰어났다.

"어려서 안 되겠군."

종묘장 기수가 껄껄 웃는다.

"—황소 앞에 암달(암탉) 같으니 쟁그러워서 볼 수 있나."

"겁을 먹고 달아나는데."

농부는 날쌔게 우리 옆을 돌아 뛰어가는 돼지의 앞을 막았다.

"달포 전에 한 번 왔다 갔으나 씨가 붙지 않아서 또 끌고 왔는데요."

식이는 겸연쩍어서 얼굴을 붉혔다.

"아무리 짐승이기로 저렇게 어리구야(어려서) 씨가 붙을 수 있나."

농부의 말에 식이는 다시 얼굴을 붉혔다.

"빌어먹을 놈의 짐승."

무안(부끄러워서 볼 낯이 없음)도 무안이려니와 귀찮게 구는 짐승에 식이는 화를 버럭 내면서 농부의 부축을 하여 달아나는 돼지의 뒤를 쫓는다. 고무신이 진창에 빠지고 바지춤이 흘러내린다.

돼지의 허리를 매인 바를 붙잡았을 때에 그는 홧김에 바를 뒤로 잡아 나꾸며 기운껏 매질한다. 어린 짐승은 바들바들 뛰면서 비명을 울린다. 농가 일 년의 생명선—좀 있으면 나올 제1기 세금과 첫여름 감자가 나올 때까지의 가족의 양식의 예산의 부담을 맡은 이 어린 짐승에 대한 측은한 뉘우침이 나중에는 필연코 나련마는 종묘장 사람들 숲에서의 무안을 못 이겨 식이의 흔드는 매는 자연 가련한 짐승 위에 잦게 내렸다.

"그만 갖다 매시오."

말뚝을 고쳐 든든히 박고 난 농부는 식이에게 손짓한다. 겁과 불안에 떨며 허둥거리는 짐승을 이번에는 이걸 더 든든히 말뚝 안에 우겨넣고 나뭇대를 가로질러 배까지 떠받쳐 올려 꼼짝 요동하지 못하게 탐탁하게 얽어매었다.

털몸을 근실근실 부딪히며 그의 곁을 궁싯궁싯 굼도는 씨돝은 미처 식이의 손이 떨어지기도 전에 '화차(화물을 싣는 철도)'와도 같이 말뚝 위를 엄습한다. 시뻘건 입이 욕심에 목메어서 풀무같이 요란히 울린다. 깔리운 암돝은 목이 찢어져라 날카롭게 고함친다.

둘러 선 좌중은 일제히 웃음소리를 멈추고 일시 농담조차 잊은 듯 하였다.

암퇘지의 모습에 이웃집 분이가 떠오르다

문득 분이의 자태가 눈앞에 떠오른다. 식이는 말뚝에서 시선을 돌려 딴전을 보았다.

"－분이 고것 지금엔 어디 가 있는구."

－제2기 분은 새려('커녕'의 북한말) 1기분 세금조차 밀려오는 농가의 형편에 돼지보다 나은 부업이 없었다. 한 마리를 일 년 동안 충실히 기르면 세금도 세금이려니와 잔돈푼의 가용돈은 훌륭히 우러나왔다. 이 돼지의 공용을 잘 아는 식이다. 푼푼이 모은 돈으로 마을 사람들의 본을 받아 종묘장에서 가주 난 양돼지 한 자웅(암컷과 수컷)을 사놓은 것이 여름이었다. 기름이 자르르 흐르는 새까만 자웅을 식이는 사람보다도 더 귀히 여겨 가제(가뜩이나, 그러지 않아도) 사왔던 무렵에는 우리에 넣기가 아까워 그의 방 한 구석에 짚을 펴고 그 위에 재우기까지 하던 것이 젖이 그리워서인지 한 달도 못 돼

서 숫놈이 죽었다. 나머지의 암놈을 식이는 애지중지하여 단 한 벌의 그의 밥그릇에 물을 받아 먹이기까지 하였다. 물도 먹지 않고 꿀꿀 앓을 때에는 그는 나무 하러 가는 것도 그만두고 종일 짐승의 시중을 들었다. 여섯 달을 키우니 겨우 암퇘지 티가 났다. 달포 전에 식이는 첫 시험으로 십 리가 넘는 종묘장으로 끌고 왔었다. 피돈(피 같은 돈) 오십 전이나 내서 씨를 받은 것이 종시(끝내) 붙지 않았다. 식이는 화가 났다. 때마침 정을 두고 지내던 이웃집 분이가 어디론지 도망을 갔다. 식이는 속이 상해서 며칠 동안 일이 손에 잡히지 않았다. 늘 뾰로통해서 쌀쌀하게 대꾸하더니 그 고운 살을 한 번도 허락하지 않고 늙은 아비를 혼자 둔 채 기어이 도망을 가버렸구나 생각하니 분이가 괘씸하였다. 그러나 속깊은 박초시의 일이니 자기 딸 조처에 무슨 꿍꿍이 수작을 대었는지 도무지 모를 노릇이었다. 청진으로 갔느니 서울로 갔느니 며칠 전에 박초시에게 돈 십 원이 왔느니 소문은 갈피갈피였으나 하나도 종잡을 수 없었다. 이래저래 상할 대로 속이 상했다. 능금꽃 같은 두 볼을 잘강잘강 씹어먹고 싶던 분이인 만큼 식이는 오늘까지 솟아오르는 심화를 억제할 수 없었다.

"— 다 됐군."

딴전만 보고 섰던 식이는 농부의 목소리에 그쪽을 보았다. 씨돝은 만족한 듯이 여전히 꿀꿀 짖으면서 그곳을 떠나지 않고 빙빙 돈다.

파장 후의 광경이언만 분이의 그림자가 눈앞에 어른거리는 식이는 몹시도 겸연쩍었다. 잠자코 섰는 까칠한 암퇘지와 분이의 자태가 서로 얽혀서 그의 머릿속에 추근하게(몹시 축축하게) 떠올랐다. 음란한 잡담과 허리꺾는 웃음소리에 얼굴이 더 한층 붉어졌다. 환영을 떨쳐버리려고 애쓰면서 식이는 얽어매었던 돼지를 풀기 시작하였다. 농부는 여전히 게걸덕거리며(게걸

거리며, 상스러운 말로 소리 지르며 불평스럽게 떠들며) 어른어른 싸도는 욕심 많은 씨돝을 몰아 우리 속에 가두었다.

"이번에는 틀림없겠지."

장부에 이름을 올리고 오십 전을 치뤄주고 종묘장을 나오니 오후의 해가 느지막하였다. 능금밭 건너편 양옥 관사의 지붕이 흐린 석양에 푸르뎅뎅하게 빛난다. 옛 성 어귀에는 드나드는 장꾼의 그림자가 어른어른 한다. 성 안에서 한 채의 버스가 나오더니 폭넓은 이등도로(二等道路, '지방도로'의 옛날 용어)를 요란히 달아온다. 돼지를 몰고 길 왼편 가으로(가장자리로) 피한 식이는 푸뜩 지나가는 버스 안을 흘끗 살펴본다. 분이를 잃은 후로부터는 그는 달아나는 버스 안까지 조심스럽게 살피게 되었다. 일전에 나남에서 버스 차장 시험이 있었다더니 그런 데로나 뽑혀 들어가지 않았을까. 분이의 간 길을 이렇게도 상상하여 보았기 때문이다.

"장이나 한 바퀴 돌아올까."

북문 어귀 성밑 돌 틈에 돼지를 매놓고 식이는 성을 들어가 남문 거리로 향하였다.

분이가 없는 이제, 장꾼의 눈을 피하여 으슥한 가게 앞에 가서 겸연쩍은 태도로 매화분(가루분)을 살 필요도 없어진 식이는, 석유 한 병과 마른명태 몇 마리를 사들고 장판을 오르락내리락 하였다. 한동네 사람의 그림자도 눈에 뜨이지 않기에 그는 곧게 성 밖을 나와 마을로 향하였다.

식이가 공상에 빠진 사이 기차에 암퇘지가 치여 죽다

어기죽거리며 돼지의 걸음이 올 때만큼 재지(재빠르지) 못하였다. 그러나 매질할 용기는 없었다.

철로를 끼고 올라가 정거장 앞을 지나 오촌포 한길에 나서니 장 보고 돌아가는 사람의 그림자가 드문드문 보인다. 산모퉁이가 바닷바람을 막아 아늑한 저녁 빛이 한길 위를 덮었다. 먼 산 위에는 전기의 고가선(고가철도. 땅위에 높이 다리를 놓고, 그 위에 가설한 철도)이 솟고 산밑을 물줄기가 돌아내렸다. 온천 가는 넓은 도로가 철로와 나란히 누워서 남쪽으로 줄기차게 뻗혔다. 저물어가는 강산 속에 아득하게 뻗힌 이 두 줄의 길이 새삼스럽게 식이의 마음을 끌었다. 걸어가는 그의 등 뒤에서는 산모퉁이를 돌아오는 기차 소리가 아련히 들린다. 별안간 식이에게는 이상한 생각이 들었다.

"이 길로 아무데로나 달아날까."

장에 가서 돼지를 팔면 노자(路資, 먼 길을 오가는 데 드는 비용)가 되겠지. 차 타고 노자 자라는 곳까지 달아나면 그곳에 분이가 있지 않을까. 어디서 들었는지 공장에 들어가기가 분이의 소원이더니 그곳에서 여직공 노릇하는 분이와 만나 나도 '노종자(노동자)'가 되어 같이 살면 오죽 재미있을까. 공장에서 버는 돈을 달마다 고향에 부치면 아버지도 더 고생하실 것 없겠지. 돼지를 방에서 기르지 않아도 좋고 세금 못 냈다고 면소 서기들한테 밥솥을 빼앗길 염려도 없을 터이지. 농사같이 초라한 업이 세상에 또 있을지. 아무리 부지런히 일해도 못살기는 일반이니…… 분이 있는 곳이 어디인가? 돼지를 팔면 얼마를 받을까. 암돼지 양돼지…….

"앗!"

날카로운 소리에 번쩍 정신이 깨었다.

찬바람이 휙 앞을 스치고 불시에 일신(一身, 한 몸)이 딴 세상에 뜬 것 같았다. 눈 보이지 않고, 귀 들리지 않고, 잠시간 전신이 죽고, 감각이 없어졌다. 캄캄하던 눈앞이 차차 밝아지며 거물거물 움직이는 것이 보이고 귀가 뚫리며 요란한 음향이 전신을 쓸어 없앨 듯이 우렁차게 들렸다. 우뢰 소리가…… 바다 소리가…… 바퀴 소리가……. 별안간 눈앞이 환해지더니 열차의 마지막 바퀴가 쏜살같이 눈앞을 달아났다.

"앗 기차!"

다 지나간 이제 식이는 정신이 아찔하며 몸이 부르르 떨린다.

진땀이 나는 대신 소름이 쪽 돋는다. 전신이 불시에 빈 듯이 거뿐하다. 글자대로 전신이 비었다. 한쪽 팔에 들었던 석유병도 명태 마리도 간 곳이 없고 바른손으로 이끌던 돼지도 종적(跡迹, 어떤 일이 일어난 뒤에 드러난 모양이나 흔적)이 없다.

"아, 돼지!"

"돼지구 무어구 미친놈이지. 어디라고 건널목을 막 건너."

따귀를 철썩 맞고 바라보니 철로 망보는 사람이 성난 얼굴로 그를 노리구 섰다.

"돼지는 어찌됐단 말이오."

"어젯밤 꿈 잘 꾸었지. 네 몸 안 친 것이 다행이다."

"아니 그럼 돼지가 치었단 말요."

"다음부터 차에 주의해."

독하게 쏘아붙이면서 철로 망꾼은 식이의 팔을 잡아 나꿔 건널목 밖으로 끌어냈다.

"아 돼지가 치었다니 두 번 종묘장에 가서 씨를 받은 내 돼지 암퇘지 양돼지……."

엉겁결에 외치면서 훑어보았으나 피 한 방울 찾아볼 수 없다. 흔적조차 없다니―기차가 달롱 들고 간 것 같아서 아득한 철로 위를 바라보았으나 기차는 벌써 그림자조차 없다.

"한방에서 잠재우고, 한그릇에 물 먹여서 기른 돼지, 불쌍한 돼지⋯⋯."

정신이 아찔하고 일신이 허전하여서 식이는 급시에(갑자기) 그 자리에 푹 쓰러질 것 같았다.

이야기 따라잡기

　종묘장 안에서는 식이가 데려온 암퇘지에게 씨를 붙이는 일이 한창이다. 식이는 원래 암수 새끼 돼지를 사다 길러 일 년 세금 낼 돈과 생활비를 마련하려고 계획했었다. 하지만 수컷이 죽고 암컷만 남아 할 수 없이 돈을 들여 씨를 붙여야 하는 것이었다. 아직 암퇘지가 어려 씨 붙이는 일이 쉽지 않아 종묘장에서는 작은 소동이 일어나고 사람들은 구경거리가 났다면서 몰려든다.

　식이는 씨 붙이는 광경을 보고 스스로 무안해져 얼굴을 붉히다가, 때마침 정을 주었던 이웃집 분이의 모습을 떠올린다. 분이는 식이의 마음도 몰라주고 어느 날 집을 나가버렸고, 도시에서 노동자로 일한다는 이런저런 소문은 식이를 괴롭게 했다.

　종묘장에서 암퇘지에게 씨를 붙이고 집으로 돌아가는 길에 철로변을 지나면서 식이는 별안간 공상에 빠진다. 돼지를 팔아 노자를 마련한 다음, 분이를 찾아 공장 노동자로 같이 살면 좋겠다, 농사 짓는 일보다 더 초라한 일은 없을 거다 등등을 생각하는 사이 갑자기 기차가 눈 앞에서 휙 지나간다. 철로 관리인이 소리를 지르고 식이가 정신을 차려보니 이미 돼지는 기차에 치여 흔적도 없이 사라졌다. 꿈이 한순간에 사라진 식이는 정신이 아찔해진다.

이효석

쉽게 읽고 이해하기

동반자 시절을 마감한 후 쓴 첫 소설

이효석의 작품세계를 전기와 후기로 나눌 때 전기는 경향적 색채, 후기는 자연과 성의 세계 추구로 정의된다. 이 작품은 전기와 후기의 분기점에 나온 것이며 1933년 10월에 『조선문학』에 발표되었다. 이때 이효석은 동반자 작가 시절을 마감하고 '구인회'라는 순수예술모임의 창립 멤버로 활약한다. 1933년 8월에 조직된 구인회에는 김기림, 이태준, 정지용 등의 작가가 참여했는데, 이들은 프롤레타리아 문학과 상반된 길에 서서 심미적 작품 창작에 전념하였다. 이는 이효석이 구인회에 참가한 직후에 나온 소설로서, 문단에서는 프롤레타리아 문학에 간접적으로 동조했던 동반자 시절을 완전히 마감했다는 평가를 받는다. 새로운 창작의 경향을 뚜렷이 보여준 전환기적 작품인 셈이다.

단편소설로서도 너무나 짧은 분량의 소설이지만 강렬한 반전을 담고 있다. 주인공 식이는 가난에서 벗어나려고 어린 암퇘지를 종자로 하여 돈을 만들어보려고 한다. 하지만 암퇘지를 팔아 분이와 새 생활을 할까 하는 백일몽을 꾸는 찰나 돼지는 기차에 치여 죽어버리고 식이의 꿈은 물거품이 된다. 궁핍한 농촌현실에서 겪는 젊은이의 좌절과 도시에 대한 동경이, 성 본능을 드러내는 돼지와 분이의 사건과 겹치면서 단단한 구성을 보이는 소설이라 평가할 수 있다.

성 본능의 세계 탐험

이효석은 새로운 작품세계로 '자연과 성'을 추구하였는데, 이 작품에서는 성에 대한 욕망과 동물의 성을 평행선상에 놓고 탐험을 시작한다. 작품의 밑바닥에는 성욕과 식욕이 기본적으로 본능의 세계이며 이는 인간과 동물에 차이가 없다는 생각이 깔려 있다. 그렇기 때문에 이효석의 작품 여러 편에서 동물의 성과 관련한 이야기를 구성하면서 주인공의 성욕이 촉발되는 것으로 구성되어 있다. 이 작품 「돈」에서 시작하여 「수탉」, 「분녀」, 「메밀꽃 필 무렵」에 계속해서 동물의 성 이야기가 나오는데, 돼지, 수탉, 나귀 등 동물의 성욕이나 성적 이미지가 주인공의 인생과 경험에 직접 연결되어 있다.

이 소설의 주인공 식이가 애지중지 키운 암돼지는 아직 어려 씨를 붙이는 데 어려움을 겪는다. 식이는 씨를 붙이는 광경에 무안해하던 중 이웃집 분이의 능금꽃 같은 두 볼과 자태를 떠올린다. 분이가 가출을 하여 도시의 공장에서 일한다는 소문을 듣고, 식이는 암돼지를 팔아 분이와 같이 살아볼까 하는 꿈에 젖는다. 수돼지가 암돼지에게 씨를 붙이는 장면은 식이가 분이를 성적으로 욕망하는 모습과 오버랩 되는 부분이며 이 소설의 핵심을 보여준다.

「수탉」(『삼천리』, 1933.11)은

이웃집 닭과의 싸움에서

늘 지는 수탉의 참혹한 모습을 통해

무능한 자신을 묘사하는,

강한 남성이 되길 원했지만 이루지 못하게 된

청년의 모습을 담고 있다.

수탉

능금을 따고 낙원을 쫓기운 것은 전설이나,
능금을 따다 학원을 쫓기운 것은 현실이다.

등장인물

을손 농업학교 학생으로 어느 날 친구들과 능금을 서리한 일로 무기정학 처분을
받는다. 여자친구 복녀도 잃고 좌절에 빠진다.

수탉

학교에 못 가 울적한 을손의 눈에 수탉이 거슬리다

을손은 요사이 울적한 마음에 닭시중도 게을리 하게 되었다. 그 알뜰히 기르던 닭들이 도무지 눈에도 들지 않으며 마음을 당기지 못하였다. 모이는 새로에 뜰 앞을 어른거리는 꼴을 보면 나뭇개비를 집어들게 되었다. 치우지 않은 우리 속은 지저분하기 짝없다.

두 마리를 팔면 한 달 수업료가 된다. 우리 안의 수효가 차차 줄어짐이 그다지 애틋한 것은 아니었다. 도리어 제때 가질 운명을 못 가지고 우리 안을 헤매는 한 달 동안의 운명을 벗어난 두 마리의 꼴이 눈에 거슬렸다. 학교에 안 가는 그 한 달 수업료가 늘려진 것이다.

그 두 마리 중에서도 못난 한 마리의 수탉─가장 초라한 꼴이었다. 허울(겉모양)이 변변치 못한 위에 이웃집 닭과 싸우면 판판이 졌다. 물어 뜯긴 맨드라미에는 언제 보아도 피가 새로이 흘러 있다. 거적눈인데다 한쪽 다리를 전다. 죽지의 깃이 가지런하지 못하고 꼬리조차 짧았다. 어떤 때는 암탉에게까지 쫓겼다. 수탉 구실을 못하는 수탉이 보기에도 민망하였으나 요사이 와서는 민망한 정도를 넘어 보기 싫은 것이었다. 더구나 한 달의 운명을 우리 안에 더 붙이게 된 것이 을손에게는 밉살스럽고 흉측스럽게 보일 뿐이었다.

학교에 못 가는 마음이 몹시 답답하였다.

을손이 능금 서리를 하다 걸려 학교에서 무기정학을 받다

능금을 따고 낙원을 쫓기운 것은 전설이나, 능금을 따다 학원을 쫓기운 것은 현실이다.

농장의 능금은 금단의 과실이었다.

을손들은 그 율칙을 어긴 것이다.

동무들의 꾐에 빠졌다느니보다도 을손 자신 능금의 유혹에 빠졌던 것이다. 능금은 사치한 욕망이 아니다. 필요한 식욕이었다.

당번은 다섯 명이었다. 누에를 다 올린 후라 별로 할 일 없이 한가하였던 것이 일을 저지른 시초일는지 모른다. 잡담으로 자정이 되기를 기다렸다가 일제히 방을 나가 어둠 속에 몸을 감추고 과수원의 철망을 넘었다.

먹다 남은 것을 아궁이 속에 넣은 것은 감쪽같았으나 마지막 한 개를 방 구석 뽕잎 속에 간직한 것이 실책이었다.

이튿날 아침 과수원 속의 발자취가 문제되었을 때 공교롭게도 뽕잎 속의 그 한 개가 발견되었다.

수색의 길은 빠하다. 간밤의 다섯 명의 당번이 차례로 반 담임 앞에 불리게 되었다.

굳게 언약을 해놓고서도 어느 때나 마찬가지로 그 어디로부터인지 교묘하게 부서진다. 약한 한 사람의 동무의 입에서 기어이 실토가 된 모양이었다. 한 사람씩 거듭 불려 들어갔다.

두 번째 호출이 시작되었을 때 을손은 괴상한 곳에 있었다.

몸이 무거워 그곳에 들어간 것이 아니라 얼마 동안의 귀찮은 시간을 피하려 일부러 그곳을 고른 것이었다.

한 사람이 들어가 간신히 웅크리고 앉았을 만한 네모진 그 좁은 공간－거북스럽기는 하여도 가장 마음 편한 곳도 그곳이었다. 그곳에 앉았으면 마치 바닷물 속에 잠겨 있는 것과도 같이 몸이 거뿐한 까닭이다.

밖 운동장에서는 동무들의 지껄이는 소리, 웃음소리, 닫는 소리에 섞여 공 구르는 가벼운 소리가 쉴 새 없이 흘러와 몸은 그 즐거운 소리를 타고 뜬 것 같다.

을손은 현재 취조를 받고 있을 당번의 동무들과 자신의 형편조차 잊어버리고 유유히 주머니 속에서 담배를 한 개 집어내서 불을 붙였다. 실상인즉 담배도 능금과 같이 금단의 것이었으나 율칙을 어김은 인류의 조상이 끼쳐 준 아름다운 공덕이다. 더구나 그곳에서 한 모금 피우기란 무상의 기쁨이라고 을손은 생각하는 것이었다.

이것도 그곳의 특이한 풍속으로 벽에는 옷을 입지 않을 때의 남녀의 원시적 자태가 유치한 필치로 낙서되어 있다. 간단한 선 서투른 그림이면서도 그것은 일종의 기쁨이었다.

을손도 알 수 없는 유혹을 받아 주머니 속에서 무딘 연필을 찾아 향기로운 연기를 길게 뿜으면서 상상을 기울여 그림을 그리기 시작하였다.

능금을 먹은 위에 담배를 피우며 낙서를 하며－위반을 거듭하는 동안에 을손은 문득 학교가 싫은 생각이 불현듯이 들었다－가령 학교에서 능금 딴 제자를 문초한 교사가 일단 집에 돌아갔을 때 이웃집 밭의 능금을 딴 어린

아들을 무슨 방법으로 처벌할 것이며 그 자신 능금을 따던 소년시대를 추억할 때 어떤 감상과 반성이 생길 것인가. 또 혹은 학교에서 절제의 미덕을 가르치는 교사 자신이 불의의 정욕에 빠졌을 때 그 경우는 어떻게 설명하여야 옳을 것인가—마치 십계명을 설교하는 목사 자신이 간음의 죄에 신음하는 것과도 흡사한 그 경우를.

가깝게 생각하여 특수한 과학과 기술을 배워야 그것을 이용할 자신의 농토조차 없는 형편이 아닌가.

변변치 못하다. 초라하다. 잗다란(아주 자질구레한) 보수를 바라 이 굴욕을 받는 것보다는 차라리 좁고 거북한 굴레를 벗어나 아무 데로나 넓은 세상으로 뛰고 싶다.

을손의 생각은 고삐를 놓은 말같이 그칠 바를 몰랐다.

아마도 오래된 듯하다.

하학 종소리가 어지럽게 울렸다.

이튿날 아버지는 단벌의 나들이 두루마기를 입고 학교에 불리었다.

무기정학의 처분이었다.

아버지는 어안이 벙벙한 모양이었다—정든 아들을 매질할 수도 없었으므로.

을손은 우리 안의 닭을 모조리 홀두드려 팔아가지고 내빼고 싶은 생각이 불같이 났으나 그것도 할 수 없어 빈손으로 집을 떠났다.

이웃 고을을 헤매다가 사흘 만에 다시 집으로 돌아왔다.

복녀도 떠나자 못난 수탉이 자신 같아 견딜 수 없다

밭일도 거들 맥 없어 며칠은 천치같이 보낼 수밖에 없었다.

우리 안의 닭의 무리가 눈에 나 보였다. 가운데에서도 못난 수탉의 꼴은 한층 초라하다. 고추장에 밥을 비벼 먹여도 이웃집 닭에게 지는 가련한 신세가 보기에도 안타까웠다.

못난 수탉, 내 꼴이 아닌가―을손은 화가 버럭 났다.

한가한 판이라 복녀와는 자주 만날 수는 있는 처지였으나 겸연쩍은 마음에 도리어 주저되었다.

을손의 처분을 복녀는 확실히 좋게 여기지는 않는 눈치였다.

복녀는 의지의 여자였다. 반년 동안의 원잠종 제조소의 견습생 강습을 마친 터이라, 오는 봄부터는 면의 잠업 지도생으로 나갈 처지였다. 건듯하면 게을리 되는 을손의 공부를 권하여 주고 매질하여 주는 복녀였다. 학교를 마치면 맞들고 벌자는 언약이었으나 을손의 이번 실수가 복녀를 실망시킨 것은 확실하였다. 무능한 사내―복녀에게 이같이 의미 없는 것은 없었다.

하루저녁 복녀를 찾았을 때 을손에게는 모든 것이 확적히 알렸다.

나온 것은 복녀가 아니요 복녀의 어머니였다.

"앞으론 출입도 피차에 잦지 못하게 될 것을 생각하니 섭섭하기 그지없네."

뜻을 몰라 우두커니 서 있으려니 복녀의 어머니는 말을 이었다.

"기어이 알맞은 사람을 하나 구해봤네."

천근 같은 무쇠가 등골을 내리쳤다.

"조합에 얌전한 사람이 있다기에 더 캐지도 않고 작정하여 버렸어."

복녀는 찾아볼 생각도 못 하고 을손은 허전허전 뛰어나왔다.

'복녀의 뜻일까, 춘향모의 짓일까.'

물을 필요도 없었다.

눈앞이 어둡고 천지가 헐어지는 것 같았다.

며칠 동안은 눈에 아무것도 어리지 않았다.

앙상한 밤송이 같은 현실.

한 달이 넘어도 학교에서는 복교의 통지도 없다.

저녁때였다.

닭이 우리 안에 들어 각각 잠자리를 차지하였을 때 마을 갔던 수탉이 어슬어슬 돌아왔다.

또 싸운 모양이었다.

찢어진 맨드라미에는 피가 생생하고 퉁겨진 죽지의 깃이 거꾸로 뻗쳤다.

다리를 저는 것은 일반이나 걸어오는 방향이 단정치 못하다. 자세히 보니 눈이 한쪽 찌그러진 것이었다. 감긴 눈으로 피가 흘러 털을 물들였다.

참혹한 꼴이었다.

측은한 생각은 금시에 미움의 감정으로 변하였다. 을손은 불 같은 화가 버럭 났다.

'그 꼴을 하고 살아서는 무엇 해.'

살기를 띤 손이 부르르 떨렸다. 손에 잡히는 것을 되고말고 닭에게 던졌다.

공칙하게도(일이 공교롭게도 잘못되어서) 명중되어 순간 다리를 뻗고 푸득거리는 꼴에서 을손은 시선을 피해버렸다.

끊었다 이었다 하는 가엾은 비명이 을손의 오장을 뒤흔들어 놓는 듯하였다.

이야기 따라잡기

　을손은 어려운 형편에도 농업학교에 다니는 학생이다. 어느 날 학교 당번인 친구들과 누에 일을 마친 후 한가하던 차에 과수원 담을 넘는다. 모두들 능금을 서리하여 먹다가 한 개를 방에 감추어둔 것이 발각된다. 모두 담임에게 불려가 조사를 받고 도둑질한 사실이 밝혀진다.

　을손은 규칙을 어긴 잘못을 인정하면서도 유혹이 주는 알 수 없는 기쁨을 느끼며 이중적 감정에 젖는다. 그것은 불편한 굴레를 벗어나 넓은 세계로 달아나고 싶은 욕망과 통하는 감정이었다. 하지만 다음날 학교에서는 아버지를 호출하고 아버지는 아들이 무기정학을 받자 어안이 벙벙해진다. 을손은 이런 상황을 견디지 못하고 사흘을 밖에서 헤매다 집으로 돌아온다.

　자신이 초라하고 무능력해보여 견딜 수 없는 을손은 집에서 기르는 닭 중에 가장 못난 수탉이 자기 신세 같아 화가 난다. 그 수탉은 이웃집 닭과 싸우면 번번이 지고 몸이 여기저기 뜯겨 피를 흘리고 다리를 전다. 수놈 구실도 못하여 어떤 때는 암탉에게까지 쫓긴다.

　을손의 여자친구 복녀는 능력 있는 여학생이다. 그녀는 의지가 강하며 공부도 열심히 하여 곧 면의 잠업 지도생으로 나갈 터였다. 복녀는 을손의 공부를 도와주기도 하였다. 그러니 을손은 자기가 무기정학을 당한 사실을 알면 복녀가 얼마가 실망할지 생각하며 난감해한다.

어느 날 저녁 을손이 복녀를 찾아가는데, 복녀는 나오지 않고 복녀의 어머니가 대신 나와 다른 사윗감을 이미 찾았다고 한다. 을손은 여자친구도 잃고 학교에서도 한 달이 넘도록 복교 통지가 없자, 암담한 현실에 부딪혀 앞이 보이지 않는 듯한 절망감에 빠진다.

그때 그 못난 수탉이 싸움에 져서 피를 흘리고 눈도 찌그러진 채 다리를 절며 들어온다. 참혹한 수탉의 모습에 을손은 잠시 측은해하다가 마치 지금 자신의 처지 같음을 생각하고 마치 자신을 보는 듯하여 불처럼 화를 낸다. 을손은 손에 잡히는 대로 물건을 집어 수탉에게 던진다. 수탉이 제대로 맞아 다리를 뻗고 푸득거리며 비명을 지르자 을손도 함께 괴로워한다.

쉽게 읽고 이해하기

능금을 훔치고 낙원동산에서 쫓겨나다

이 소설은 1933년 11월 『삼천리』에 발표된 성경에 나오는 이야기를 떠올리게 만드는 작품이다. 능금은 원래 사과의 한자 이름이며, 성경에서 아담과 이브가 금기를 어겨 에덴동산에서 쫓겨나게 만든 열매다.

을손은 학교에서 알 수 없는 강한 유혹에 이끌려 친구들의 능금 서리에 동참하고 그 결과 학교에서 무기정학을 당한다. 소설 속에는 "능금을 따고 낙원을 쫓기운 것은 전설이나, 능금을 따다 학원을 쫓기운 것은 현실이다. 농장의 능금은 금단의 과실이었다. 을손들은 그 율칙을 어긴 것이다. 동무들의 꾐에 빠졌다느니보다도 을손 자신 능금의 유혹에 빠졌던 것이다."라고 말하고 있다. 알고 보면 스스로 빠진 유혹의 길이었기 때문에 을손은 자신을 더욱 자책할 수밖에 없다. 엄격한 규율과 그 규율을 깨고자 하는 강한 유혹은 늘 공존한다는 사실을 알려준다.

수탉은 무엇을 상징하나

예로부터 새해가 되면 대문에 호랑이나 용과 함께 닭 그림을 붙이는 습관이 있었다. 사람들은 닭을 상서로운 동물로 인식하여 닭 그림이 새해에 복을 불러오고 재앙을 물리친다고 믿었다. 시계가 없던 시절에는 새벽에 힘차게 들리는 닭의 울음소리가 자명종과 같았고, 닭의 울음과 함께 아침의 빛이 도래하면 밤새도록 활동하던 귀신이 사라지니까 닭을 길조로 여긴 것이다.

특히 수탉은 강하고 우수한 남성을 상징한다. 민화에는 종종 수탉과 맨드라미를 함께 그린 작품이 등장한다. 조선 후기 장승업의 그림 〈닭〉에도 나와 있는데, 이는 닭의 볏이 맨드라미와 외양이 비슷하며 관을 쓴 모습과 같아, 남자가 관직에 나아가 출세함을 뜻하였다.

소설 안에 나오는 수탉의 모습은 어떠한가. 소설의 맨 앞과 맨 뒤에 두 번 등장하는 수탉은 매우 강렬한 인상을 심어준다. 이웃집 닭과 싸워서 진 수탉의 외모는, 주인공 을손이 절망에 빠져 있는 내면 심리를 고스란히 보여주는 외적 상징물이다. 작가는 수탉의 모습을 묘사하는 데 공을 들이고 있다. "물어 뜯긴 맨드라미에는 언제 보아도 피가 새로이 흘러 있다. 거적눈인데다 한쪽 다리를 전다. 죽지의 깃이 가지런하지 못하고 꼬리조차 짧았다.", "찢어진 맨드라미에는 피가 생생하고 퉁겨진 죽지의 깃이 거꾸로 뻗쳤다. 다리를 저는 것은 일반이나 눈이 한쪽 찌그러진 것이었다. 감긴 눈으로 피가 흘러 털을 물들였다. 참혹한 꼴이었다. 측은한 생각은 금시에 미움의 감정으로 변하였다."처럼 수탉의 참혹하고 초라한 외모 묘사는 학교에서 쫓겨나고 복녀와도 결혼 못하게 된 자신의 무능한 내면 묘사와 통하는 대목이다.

이효석

여기에서 우리는 수탉이 강한 남성성을 상징하지만 그 남성성을 상실했을 때 그 좌절감의 수위는 짐작할 수 없을 만큼 깊음을 알아낼 수 있다. 수탉은 지상에서 강한 남성성을 지니지만 천상을 꿈꿀 수는 없다. 닭이 날개가 달린 조류지만 퇴화하여 날 수 없는 까닭이다. 자신의 미래가 달린 학교 생활과 사랑하는 여인 복녀를 잃고 좌절하는 모습은, 강한 남성이 되고자 욕망하였으나 날개가 퇴화하여 이루지 못하게 된 청년의 찢어진 꿈을 의미한다.

　우리 전래동화 중 「나무꾼과 선녀」에는 '수탉 유래담' 이 나온다. 나무꾼이 하늘로 돌아간 선녀를 그리워하자 사슴이 다시 도와주어 두레박을 타고 하늘로 올라가 생활을 하게 되는데, 지상에 두고 온 홀어머니가 보고 싶어 잠시 내려온다. 하지만 부주의로 선녀와의 약속을 지키지 못하자 나무꾼은 다시 하늘로 돌아가지 못하고 죽어 수탉이 되었고 수탉은 늘 하늘을 쳐다보고 우는 동물이 되었다는 결말이다. 이 이야기 속의 나무꾼과 을손은 다르지 않다.

꿈을 품고 시작하라.
새로운 일을 시작하는 용기 속에
당신의 천재성과 능력과 기적이 모두 숨어 있다.
— 요한 볼프강 폰 괴테(독일의 문인, 1749~1832)

「성화」(『조선일보』, 1935. 10)는

이룰 수 없는 사랑의 과정 속에서

갈등을 겪는 주인공의

내면을 잘 형상화한 작품이다.

성화

무서운 착각에 나는 날쌔게 외면하여 버렸다.
앞에 놓인 길은 피할 수 없는 십자가의 길 같다.

등장인물

나 호프만이라는 화가가 종교를 소재로 그린 성화(聖畵)를 즐겨보는 취미가 있
다. 성화 속 예수의 모습을 보면서 현실을 넘어서는 이상에 대해 생각한다.
'나'에겐 두 여자가 있는데, 육체적 애인 란야와 정신적 애인 유례다. 유례의
현실투쟁에 대해 정신적으로 우상시하는 동시에 육체적 욕망을 절제하지 못
해 혼란에 빠지는 인물이다.

유례 '나'의 정신적 애인. 파업 지도 등 현실 투쟁에 앞서다 감옥에서 반년을 보
냈다. 기혼자이며 남편 건수는 아직도 감옥에 있다. '나'와 함께 피로를 풀
려고 멀리 여행을 떠나지만 다시 남편에게 돌아간다.

란야 '나'의 육체적 애인이며 함께 바에서 일한다. 함손이라는 다른 남자와 연
애에 빠져 여행을 떠났다가 배신을 당하고 결국은 '나'에게 되돌아온다.

성화

무료하게 쌍안경으로 거리를 보던 '나' 는 유례를 발견하다

1

스스로 비웃으면서도 어린아이의 장난과도 같은 그 기괴한 습관을 나는 버리지 못하였다. 꿈을 빚어내기에 그것은 확실히 놀라운 발명이었던 까닭이다. 두 개의 렌즈를 통하여 들어오는 갈매빛(짙은 초록빛) 거리는 앙상한 생활의 바다가 아니요, 아름다운 꿈의 세상이었다.

그 세상을 바라보고 있는 동안만은 귀찮은 현실도 나의 등 뒤에 멀다. 생각하기에 따라서는 굳이 도망하여야 할 현실도 아니겠지만 나는 모르는 결에 그 방법을 즐기게 되었다.

비밀은 간단하다. 쌍안경 렌즈에 갈매빛 채색을 베푼 것이다. 나의 생활의 거의 반은 이 쌍안경과 같이 있다. 우두커니 앉아 궁리에 잠기지 않으면 렌즈를 거리로 향하는 것이 이층에서 보내는 시간의 전부였다. 그 쌍안경의 마술이 뜻밖에 놀라운 발견을 하게 된 것을 생각하면 그 기괴한 습관을 한결같이 비웃을 수만도 없다.

'유례가 아닌가.'

거리 위를 대중없이 거닐던 렌즈의 방향을 문득 한곳에 박고 나는 시선의 주의를 집중시켰다. 그러나 비치는 것은 안정된 정물이 아니요, 움직이는 물화인 까닭에 인물의 걸음을 따라 핀트(사진기 등의 렌즈의 초점. 또는 말이나 행동의 요점)가 틀어지고 동그란 화폭이 이지러진다. 나사를 풀었다 감았다 하면서 초점을 맞추기가 유난스럽게 힘들다.

'유례일까.'

손가락이 가늘게 떨린다. 눈이 아프고 숨이 막히는 것은 전신이 극도로 긴장된 까닭일까. 한 사람의 인물의 정체를 판정하기에 사실 나는 우스꽝스러우리만치 있는 노력을 다하였다. 행길의 거리가 줄어듦을 따라 흐렸던 렌즈가 차차 개어지더니 초점이 바로 박혀 마침 인물의 모양이 또렷이 솟아올랐다. 듬직한 고기를 낚았을 때와 같은 감동에 마음이 뛰놀았다. 오똑한 얼굴 검소한 차림 찌그러진 구두가 한 걸음 한 걸음 눈 속으로 뛰어들어온다. 렌즈의 장난으로 전신이 갈매빛이라고는 할지라도 그것은 꿈속의 인물이 아니요, 어김없는 현실의 인물이다.

"유례!"

두 치 눈앞의 유례를 나는 급작스럽게 정답게 불렀다. 그러나 눈 아래 검은 점까지 보이는 지경이면서도 실상인즉 먼 거리에 반가운 목소리가 통할 리 없음을 속간지럽게 여겨 나는 쌍안경을 그 자리에 던지고 이층을 뛰어내려갔다. 천리 밖에서 온 반가운 손님을 맞이하는 듯한 감격이었다.

가게는 며칠 닫히고 있는 중이라 아래층 홀이 광 속같이 어둡게 비어 있는 것도 요행이었다. 뒷문을 차고 골목을 나가 큰 행길 모퉁이에서 손쉽게

이효석

유례를 찾아낼 수 있었다.

"옳게 맞혔군."

인사를 한다는 것이 됩데 이런 딴소리를 하면서 앞을 막고 섰을 때 유례는 주춤하고 나를 바라보더니 비로소 표정의 긴장이 풀렸다.

"언제 나오셨소? 보석이 된다는 소식은 들었으나."

"선생이 나와서 뵈는 첫 분예요. 그러나 노상에서 이렇게 뵈옵게 되긴 우연인데요."

"유례를 어떻게 발견한 줄 아시우. 망원경으로 거리를 샅샅이 들췄다면 웃으실까."

필요 이상의 이런 말까지를 전할 제는 나의 마음은 확실히 즐겁게 뜬 모양이었다.

"가시는 방향은?"

"또렷한 것이 없어요. 어쩐지 정신이 얼떨떨해서 지향(指向, 일정한 목표를 정하여 나아감, 또는 나아가는 그 방향)이 잡히지 않는군요. 그러나 하긴 누구보다도 먼저 선생을 찾을 생각은 생각했지만. 만나는 사람이 많으면 자연 수다스럽고 귀찮을 뿐이니까요. 무엇보다도 먼저 몸을 푹 휴양해야겠어요."

"마침이군요. 가게로 가십시다."

주저하지 않고 선뜻 발을 떼어놓는 것이 반가웠다. 유례와 나란히 서서 걸으면서 비로소 나는 그에게 물어야 할 가장 중요한 말을 잊은 것을 깨달았다.

"건수 무사한가요?"

"별일 없는 모양예요."

질문도 간단은 하였으나 유례 자신도 짧게 대답할 뿐이지 같이 들어갔던 남편의 소식을 장황히 전하지는 않았다. 통달치 못한 까닭일까, 필요치 않다고 생각한 까닭일까?

"몸이 튼튼한 편이니 고생만 안 되면 다행이죠."

쓸데없는 소리를 하면서 유례를 볼 수밖에는 없었다. 피곤—이라는 것보다는 주림의 빛이 유례의 전신을 폭 쌌다. 먹을 것, 입을 것, 얼굴은 기름에 주렸고 발에는 구두가 필요하다. 윤택이 없고 굽이 닳아빠진 헌 구두가 나의 신경을 유심히도 어지럽혔다.

가게에 이르렀을 때 나는 그를 이층으로 인도하고 피로의 포도주 대신에 아침에 온 우유를 제일 큰 잔에 가득 따라서 권하였다. 그에게는 축배보다도 먼저 이것—영양이 필요하다고 느낀 까닭이다.

옥중 피로가 쌓인 유례는 마치 성화 속 기독의 모습이다

바에 올 만한 계급은 산이나 바다에 피서를 떠났는지 가게가 한산하기 짝이 없으므로 여름 한 고패를 문을 닫기로 하였다. 그것을 기회로 보라는 듯이 란야는 함손을 데리고 해수욕으로 내뺀 지 여러 날이 되었다. 실상인즉 가게까지 닫은 것은 요사이 생활이 어지간히 문란하여 온 란야에게 대한 꾸지람이요 경계인 셈이었으나 란야는 도리어 담차게도(겁이 없이 아주 담대하게도) 그 기회를 이용한 것이다. 거리의 룸펜(Lumpen, 실업자. 부랑자)이요 불량자인 함손의 어느 구석에 쓸모가 있느냐고 물으면, 돈 없고 일 없는 궁측스런 꼴이 알 수 없이 마음을 당긴다고 대답하는 란야였다. 가난을 싫어하는 란야에게 궁측스런 꼴이 마음에 들 리는 만무하나 극도로 유물적(물질

만을 위주로 생각하는 일)이요 감각적인 란야의 경우이니 아마도 눈에 띄지 않는 그 어느 곳에 그를 끄는 요소가 있으리라고 짐작된다. 용돈이 떨어지면 나에게서 졸라다가 모르는 곳에서 함손과 같이 낭비하여 버리는 눈치까지 알면서도 나는 두 사람의 관계에 한마디도 입을 넣지 못하는 마음이었다. 일없이 거리에서 건들거리는 란야를 끌어다가 가게를 연 지 일 년이 넘는 동안에 나는 그에게서 받을 것은 받았고, 그 역(亦, 또한) 나에게 줄 것을 다 준 후이라 두 사람의 마음이 어느덧 늘어지고 심드렁하여진 관계도 있기는 있겠지만, 나는 벌써 란야의 처신(남 앞에서의 몸가짐이나 행동)에 대하여서는 천치같이 되어서 드러내놓고 질투라는 것을 느끼지 못하리만치 속이 누그러진 모양이다. 그러기에 그의 마음의 자유를 말같이 놓아주는 것은 반드시 나의 게염(시새워서 탐내는 마음)에 끓는 마음을 부처 같은 참을성으로 누른 연후의 일은 아니었다. 함손과 지내는 동안의 그의 시간은 나의 알 바 아니요, 나의 방으로 돌아왔을 때의 그를 나는 천연스럽게 받아들일 수 있었다. 이런 태도가 란야의 탕일(蕩逸, 방탕하여 절제함이 없음)한 마음을 더욱 기르게 되었는지는 모르나 그는 확실히 두 사람과의 생활을 각각 칼로 벤 듯이 쪼개어 생활하는 놀라운 기술을 가졌다. 란야들이 내뺀 뒤의 시간을 나는 이층에 앉아 쌍안경과 씨름하면 그만이었다. 쌍안경에 지치면 맞은편 벽에 걸린 한 폭의 성화(聖畵, 종교적 사실이나 인물, 또는 전설 따위를 제재로 한 그림)를 하염없이 바라보는 법도 있다.

호프만의 그 성화는 언제부터인지도 모르게 은연히 나의 마음을 끄게 되었다. 크브로의 청년에게 딴 세상을 가르치는 기독의 손길이 나에게는 무한한 유혹이었다. 청년 대신에 나 자신을 그 자리에 세워보면 그 유혹은 한층 더하였다. 기독의 말을 이해치 못하고 무거운 번민을 품은 채 하염없이 가버린 청년과는 달리 나는 나 자신의 뜻으로 기독을 이해할 수 있고 나 자신의 '아직도 한 가지 부족한 인생'을 느낄 수 있었다.

그러한 요구는 란야와의 현세적 생활의 피곤에서 결과되었음에 틀림없는 것이니, 나의 마음속에는 이역 어느 때부터인지도 모르게 란야와 대차적으로 유례의 자태가 우연히 떠오르기 시작한 것이다. 욕심과 피부의 감각밖에 없는 란야에게서 떠나 근대적 이지의 덩어리와도 같은 유례에게로 생각은 말같이 달렸다. 그러나 그렇다고 기독의 손길이 가르치는 세상이 나에게 있어서 유례들의 행동의 세상을 의미하는 것은 아니었다. 하기는 그들의 행동의 세상이라는 것도 나에게는 그다지 먼 것이 아니고 종이 한 장의 벽이 놓였을 뿐이었다. 그만큼 나는 그들을 이해하고 동감할 수는 있었으나 끝내 그것을 행동으로 옮길 수는 없었다. 행동에는 용기가 필요하고 용기는 생각이 편벽된 때 솟는 것이다. 인류가 쌓아온 전 지식의 이해는 나에게서 온전히 용기를 뺏어버렸다. 따라서 유례들의 행동을 물끄러미 바라볼 뿐이요, 그들의 세상은 여전히 종이 한 장 건너편의 것이었다. 그런고로 유례는 나에게는 유물적 행동의 대상이 아니고 일종의 정신적 우상으로 비치었다. 유례를 데리고 행동의 세상을 떠나 더 높은 세상으로 들어감이 나에게 있어서는 바로 그 성화의 의미였다. 그 길은 하나밖에 없다. 유례와 함께 현실 세상을 떠남이다. 생각이 여기에 이르러 '낙타가 바늘 구멍으로' 나가기보다도 어려운 그 길을 생각할 때 몸에 소름이 쪽 끼치면서도 한편 마음은 즐거웠다.

이때부터 나는 일종의 예감을 가지고 한결같이 유례를 기다리기 시작하였다. 유례가 많은 동무들과 함께 들어간 지는 거의 반년이 넘었다. 들어가는 마지막까지도 길은 다르면서도 나는 그를 은밀히 보호하였고 두 사람

사이에는 최대한도의 우정이 흘렀다. 가지가지의 기억을 되풀이하면서 나는 이층에 혼자 앉아 호프만의 그림을 바라보며 쌍안경으로 유례를 찾은 셈이다. 그러므로 이날의 해후는 몹시도 암시적이요 기쁜 것이었다.

받은 우유를 다 마시고 난 유례는 어머니의 젖꼭지에서 떨어진 어린아이와 같이 적이 얼굴이 빛났다.

"더 드릴까."

"욕심쟁이로 아시나 봐요."

"차입(差入, 유치·구류된 사람에게 바깥 사람들이 옷이나 음식·돈 등을 들여보냄)할 동무도 없었을 텐데."

"한 잔이면 그만이지요."

"한 잔의 젖으로 해결되는 인생."

나는 유례의 겸양의 얼굴을 엿보면서 다음 말을 잇기까지에는 한참이나 걸렸다.

"현대의 이상은 기껏 그뿐일까."

역시 한참이나 있다가 유례는,

"더 무엇이 있단 말예요?"

"유물의 싸움이 전부라면 인생은 너무도 가엾지 않을까?"

유례의 눈은 별같이 맑아보인다.

"영혼을 말씀하시고자 하는 셈이지요."

"반동(反動, 반대하는 세력)으로 몰릴까?"

"적어도 오늘의 문제는 아닐 거예요."

"그럼 내일의."

"죽은 후에나 있거나 말거나."

농이겠지만 유례의 답변에 나는 뭉클하여 '죽은 후에나'의 뜻이 머릿속에 아롱아롱 어른거렸다. 그것은 또한 유례에게 대한 나의 생각의 종점인 까닭이다.

나는 극히 자연스럽게 벽 위의 그림으로 시선을 옮겼다. 마치 유혹을 받은 듯이 유례의 눈도 나의 시선을 따랐다.

"기독이 가르치는 세상을 알게 되었다면 나를 비웃으려우?"

"그 세상으로 들어가시고 싶단 말예요?"

"동무만 있다면."

나는 여기서도 나의 속뜻을 얼마간 노골적으로 표시한 셈이었다.

"무엇을 즐겨 그 좁은 문으로 들어가겠어요."

"즐겨서가 아니라 참고 들어가야지요."

"참을 필요가 있을까요?"

유례의 뜻과 나의 뜻의 핀트가 꼭 들어맞지 않음이 슬펐다. 차라리 그가 딴소리를 꺼내는 것이 나에게는 그 자리에 도움이 되었다.

"지금 제게는 기독의 그림보다도 이것이 더 긴할 법해요."

하고 책상 위의 그림책을 집어 든 것이다. 불란서에서 오는 모드의 잡지였다. 파리 남녀의 가지가지의 양자(樣姿, 모양, 모습)가 사치한 채색에 싸여 페이지마다 꽃피었다. 유례는 누그러진 표정으로 장을 넘겨 갔다.

"옳은 말이오. 유례에게는 지금 무엇보다도 생활이 필요하오. 반년 동안 잃었던 생활을 한꺼번에 가장 풍부하게 빼앗아야 할 것이오. 생활의 테두리가 만월(滿月, 이지러진 데가 없이 둥근 달. 보름달)같이 꽉 찼을 때 내 말한 뜻이 알려지리다."

단숨에 내지껄이고 나는 유례가 들치는 책장을 넘겨다보며,

"어느 맵시, 어느 감이 마음에 드는지 말해보시우. 우선 옷을 장만합시다. 다음엔 구두를 갈고."

재촉하는 듯한 어조에 유례는 어안이 벙벙한 모양이었다.

"뼈부터 궁골로 생겼는지 평생 가난이 비위에 맞아요. 생활이 찼다간 짜장 딴생각이 들게요?"

진정으로 들을 필요 없는 나는 그 말을 무시하고 뒤미처,

"두말 말고 생활을 설계합시다."

하고 마치 건축을 설계하려는 고명한 기사와도 같이 책상 위의 종이와 연필을 집어들었다.

"갖은 진미를 먹어야 할 것. 음악을 풍성히 들어야 할 것. 좋은 그림을 보아야 할 것. 영화를 적당히 감상해야 할 것. 몸을 충분히 휴양해야 할 것."

지껄이는 한편 번호를 따라 조목조목 내려 적고는 얼마간 자신 있는 눈초리로 유례를 바라보았다.

"보시오. 다 건강한 것이지 하나나 불건전한 조목이 있소?"

"뜻은 감사하오나 과분한 사치는 동무에게 죄예요."

"쓸데없는 겸손이지, 많은 동무 중에서 한 사람이라도 회복되고 충실하여지면 반가운 일이 아니겠소? 죄니 양심이니 하는 것이야말로 도리어 일종의 장식물이 아니오? 오는 대로 받아들이는 것이 더 인간적인가 하오. 인간을 떠나 무엇이 있소?"

나는 도리어 내 일류의 역설로 장황하게 그를 꾸짖는 것이었다. 그가 잠자코 있음을 보고 마지막으로 못을 박는 듯이 나 자신의 결론으로 그를 휘이고야(자신의 의견을 따르게 하고야) 말았다.

"의견을 버리고 내 설계대로만 좇으시오. 불과 얼마 안 가 온전한 몸을

만들어 드릴게."

유례와 '나'는 호텔에서 식사를 하며 회포를 풀다

2

들어간 후로 숙소가 어지러워진 까닭에 우선 알맞은 셋집을 골라 옮기도록 한 후에 시절에 맞도록 외양을 정돈시키니 유례는 신부와도 같은 초초한 인상을 주었다. 새 구두의 감상을 그는 처음으로 요트를 탄 것 같다고 표현하였다. 외모가—형식이—정리되니 마음도 적이 조화되어 유례는 차차 나의 계획에 순응되어 가는 모양이었다. 순응이라기보다는 거의 짐승 같은 탐욕을 가지고 주렸던 생활을 암팡지게 먹으려는 듯도 한 탐탁한 열정이 보였다고 함이 옳을는지 모른다.

"거리에서 가장 생활적인 곳이 어딜까요?"

그의 이러한 질문도 극히 자연스럽게 들렸다.

"가장 생활적⋯⋯."

다따가(난데없이 갑자기)의 물음에는 나도 문득 막히지 않을 수 없었다.

"노래 듣고 춤추고⋯⋯ 거리낌없이 마음껏 천치같이 즐거워할 수 있는⋯⋯."

"그럴듯한 청이오."

그러나 카페로 인도할 수도 없는 터이므로 문득 호텔이 있음을 생각한 것은 나로서는 지당한 처지였다.

오후가 늦어 우리는 거리에서 하나인 호텔을 찾았다. 검은 드레스를 입은 유례는 호텔의 문을 들어서자 소년같이 흥분하여 다변(多辯, 말수가 많음)

이었다. 행여나 동무들의 눈에라도 뜨일까 하여 일부러 뒷골목을 돌아온 그건마는 문을 들어서서부터는 거리낄 것도 없고 어색하지도 않은 늘 드나드는 인종같이 익숙하고 천연스런 걸음임에 나는 얼마간 놀라기까지 하였다. 사치한 카펫도 부드러운 그의 발밑에서는 만날 임자를 만난 듯이 아깝지 않게 밟혔다.

하룻동안의 그 속의 생활을 온전히 즐기기 위하여 각각 방까지 정하고는 그 안의 설비를 이용함이 마치 일류의 손님같이 손익었다. 식당에는 사람들이 웬만큼 빈 데를 깐보아서(형편이나 기회를 마음속으로 가늠해서) 내려갔으나 그래도 유례는 남은 사람들의 시선을 알뜰히 끌었다. 천연스럽게 앉았으면서도 처음 받는 찬란한 만찬의 식탁에 적이 현혹한 모양이었다.

"무슨 고긴 줄 아시우?"

나는 농담삼아 접시의 고기로 그를 떠보았다.

"닭고기요."

"천만에, 칠면조외다."

유례는 오도깝스럽게(말이나 행동이 가볍고 방정맞게 덤비는 태도)―가 아니라 침착하게 눈알을 굴렸다.

"이 술은?"

"백포도준가요?"

"하긴 샴페인도 백포도주 같기는 하지요."

"샴페인이란 말예요?"

납작한 유리잔을 어색하게 입술에 대었다. 처음 받는 진미에 유례는 도리어 대담하여져서 등대(미리 갖추어 두고 기다림)하고 섰는 보이의 눈치도 무시하고 마음대로 거동하였다.

"팔자 없는 곳에 한몫 드려니 왜 이리도 편편치 못해요. 어차피 귀인이 아닌 바에야 되고말고 하지요."

식도를 함부로 쓰고 냅킨으로 입까지 훔쳤다.

식후 식당을 나가 정원을 거닐 때에는 옴츠렸던 사지가 활짝 펴져 자유로운 자세로 돌아갔다. 정원의 규모를 말하고 화단 꽃을 칭찬하는 나긋나긋한 양자는 익숙한 부인의 그것이었다. 지붕 밑을 떠나 하늘 아래로 나갈 때 유례의 거동은 한결 자유로워지는 것 같다.

그러나 소풍을 마치고 다시 안으로 들어가 로비에 앉았을 때에는 수많은 시선이 어지럽게 흐르는 속임에도 유례의 자태는 의젓하고 부드러웠다. 음악이 이미 시작되었고 남녀는 한 패, 두 패씩 겨르고 나서기 시작하였다.

탱고의 리듬이 마음을 달뜨게 간질렀다. 겨른 짝들은 물고기같이 미끄럽고 풍선같이 가볍고 바다 위에 뒤뚝거리는 요트의 무리다. 휩쓸리고 싶은 유혹을 느끼면서도 초보의 스텝도 못 밟는 유례와는 겨를 수도 없는 까닭에 나는 하는 수 없이 소파에 들어붙어 '벽의 꽃' 노릇을 할 수밖에 없었다.

"움직이는 꽃밭이라고 할까요."

춤추는 무리를 유례는 이렇게 비유하고 곧 뒤를 이어 비평적으로,

"그러나 그뿐예요. 꽃이란 아름다울 뿐이지 속이 있어서는 안 되니까요."

"그 꽃이 되기를 원하지 않으려우."

"천치가 되란 말이지요."

"오늘 밤은 천치같이 생활을 탐험하러 온 터가 아니오? 맑은 정신으로야 생활에 취할 수 있소?"

"도저히 취할 수야 있나요. 이런 곳이 비위에 맞을 리 없어요."

음악이 끝나고 새 곡조의 반주가 시작되었을 때 낯모를 사나이가 와서 유례에게 춤의 상대자 되기를 청하였다. 유례는 거절하고 뒤미처 자리를 일어섰다. 그 결에 나도 같이 일어나 로비를 나갔다. 역시 사람의 숲을 떠나 넓은 천장 밑으로 나가는 편이 자유롭고 거북하지 않은 것 같다. 어두운 정원을 유례와 같이 나 역시 해방된 느낌으로 거닐 수가 있었다.

"유례의 당장의 원이 무엇이오?"

돌연한 질문에 유례는 의아하여 반문하였다.

"무슨 뜻예요?"

"가령 지금 눈앞에 한 덩이의 횡재가 있다면 그것으로 무엇을 하시겠소?"

"샘 속 벌레에게 바다를 말씀하시는 셈예요."

"횡재란 있으려면 있는 것이니까."

"가난한 사람들을 모아놓고 그 위에 뿌릴 수도 없고—어떻게 했으면 좋을까요."

"농담이 아니오. 알다시피 내게 얼마간의 사유재산이 있지 않소? 가게까지 홀두드려 팔면 상당한 액일 것이나 지금의 내게는 벌써 필요치 않은 것이오. 생활에 소용된다면 나는 즐겨 그것을 유례에게 제공할 작정이오."

이어서 나는 오래전부터의 원이던 해외여행의 계획을 버렸다는 것, 이 거리에서 족히 모든 생활을 꿈으로 살았다는 것, 가령 파리에 간댔자 꺼진 열정을 다시 불붙일 신통한 것이 없으리라는 것, 결국 나는 생활에 피곤하였다는 것을 대충 이야기하였다.

"가방 속에 가득 든 지전을 가지고 항구의 호텔 한 간 방에 있는 신세…… 이것이 현대인의 최대의 원이라고 하나 그것이 꿈만큼 생각될 젠 확실히 나는 생활할 힘을 잃은 것 같소. 아무것도 다 집어치우고 산속에 널 집이나 한 간 짓고 가락나무와 백양나무를 심고 그 속에서 염소나 한 마리 길러보았으면 하는 소극적 원이 있을 뿐이오. 염소는 종이를 좋아하니 지리한 소설책이나 한 장 뜯어 먹이면서 날을 지우고 싶소."

"왜 그렇게까지 생각하여요…… 피곤하신 것은 란야 때문일까요?"

란야를 드는 것은 유례로서는 당연하다고 할까. 그러나,

"란야를 통하여 여자란 여자는 죄다 안 셈이나 그렇다고 란야쯤이 전폭(全幅, 일정한 범위의 전체)의 이유는 아닐 거요. 앞으로 생활의 전 내용을 지금에 있어서 벌써 전 육체를 가지고 짐작할 수 있는 까닭에 미래라는 것은 내게 아무 매력도 흥미도 일으키지 못하는 거요…… 하긴 란야와의 사이도 쉬이 청산하여야 하겠고 이어서 가게도 그만두어야겠는데 그렇게 되면 자연 생활도 갈아야 될 터이니 과분의 재산은 필요치 않은 것이오."

"그렇다고 제가 그것을 받을 무슨 값이 있어요? 너무도 과만한 뜻을."

"유례 이외에 그 뜻을 이을 만한 사람은 없으니 말요."

그러는 동안에 정원을 여러 차례나 왔다갔다하면서도 결국 아무 결정도 해결도 없이 그대로 각각 방으로 돌아갔다. 야단스럽게 생활하러 왔으면서도 너무도 고요한 그림이었다. 나는 일부러 불을 끄고 창에 의지하여 하염없이 밤거리를 내려다보았다. 멀리 불란서 교회의 뾰족 지붕이 어둠 속에 우렷이 나타나고 그 위에 검은 십자가가 그럴 듯이 짐작되었다.

보고 있는 동안에 차차 윤곽이 선명하여지자 문득 호프만의 그림이 머릿속에 떠올랐다. 다시 십자가가 눈에 보이더니 그것이 볼 동안에 커지며 삽시간에 눈앞까지 육박하여 온다. 무서운 착각에 나는 날쌔게 외면하여 버렸다. 앞에 놓인 길은 피할 수 없는 십자가의 길 같다.

지난날 란야와 같이 같은 방에서 같이 유숙할 때와는 얼마나한 차이인가. 그때에는 다만 생각 없는 열정만이 있었다. 그러던 것이 지금에는 나는 여기서 별안간 유례를 생각하고 밤인사를 보내러 이웃방까지 갔다. 그러나 유례의 자태는 어느덧 사라졌던 것이다.

유례와 장거리 여행을 계획하다

3

이튿날 그의 숙소에서 유례를 발견하였다. 아무 일도 없었던 듯한 천연스런 태도와 웃음으로 나를 맞이하였다.

"그런 법이 있소?"

"용서하세요. 그렇게 할 수밖에 없었어요. 주무시는 것도 같기에 깨울 수도 없고 혼자 도망했지요."

"무엇 때문에 그렇게까지 조급히 군단 말요."

"어쩐지 죄 되는 것 같았어요."

나는 문득 입을 다물었다. 그의 '죄' 의 뜻이 짐작되었기 때문이다. 건수의 의식이 응당 그를 지배하고 있을 것을 나는 깜짝 잊고 있었음을 깨달았다.

"무얼 그리 심각하게 생각하고 계셔요."

침묵을 거북히 여겨 유례는 웃음소리를 냈다.

"호텔은 제게 당치 않은 곳이에요. 로비는 사람을 주럽(피곤하여 몸이 노곤하고 기운이 없는 증세)만 들게 하고 금빛 벽은 이유 없이 사람을 압박하는걸요. 거리에서는 얼마든지 생활도 즐겨 할 수 있으나 호텔이란 이 세상에서 갈 마지막 곳 같아요."

"당초에 제의는 왜 했소?"

"그 대신 호텔 외의 생활이라면 어디든지 설계대로 좇겠어요. 분부라면 어디든지 가지요. 자 거리로 나가실까요."

확실히 미안은 해하는 태도나 유례는 몸을 가볍게 쓰면서 마음도 역시 가벼운 눈치였다. 핸드백을 들고 사뿐히 일어섰다.

거리에 나가 백화점에 들렀을 때, 그의 소위 '대중적' 인 그곳 식당에서는 호텔 식당에서와 같은 거북한 예절을 무시할 수 있었으므로 유례는 한결 누그러진 태도였다. 접시의 고기를 가리켜,

"이것이야 칠면조 아닌 틀림없는 닭고기겠지요."

하고 농을 거는 그였다.

"더한층 떨어져 오리 고긴지도 모르지."

"고기에도 사람만큼 계급이 있군요."

유례는 식도를 함부로 쓰고 냅킨으로 입까지 훔쳤다. 그러나 그것은 호텔에서 한 것과 같은 꾸며낸 대담한 태도가 아니고 극히 자연스럽게 주위에 어울리는 것이었다.

학생이 전람회를 구경하는 것과도 같이 공들게 우리는 백화점의 층층을 세밀히 보아 내려갔다. 그동안의 시민의 생활경향을 자세히 살펴보자는 유례의 청으로였다. 소시민을 비평하는 것보다는 그 속에 휩쓸려 사는 편이 유례의 축난 건강에는 더 자양(滋養, 몸에 영양이 되는 일, 또는 그런 물질)이 되리라고 나는 생각은 하였으나.

복작거리는 지하층에 내려갔을 때에 유례는 별안간 발을 멈추고 나를 돌아보았다.

"무슨 향기예요?"

이효석

나도 그 자리에 서서 그가 발견한 향기를 감식하려 하였다.

"거리에서 맡은 향기는 아니에요."

"향수 냄샐까, 화장 냄샐까."

"그런 사람 냄새가 아니에요."

"그럼 꽃 냄새."

"솔잎 냄새 같기도 하고 나무진 냄새 같기도 한데요."

"옳지."

말을 듣고 생각을 하니 그제야 겨우 짐작되었다.

"알았소. 오존 냄새요."

나는 나의 판단이 틀리지 않음을 단언하고 큰 백화점에는 거개(거의) 오존 발생기를 장치하였다는 것을 설명하였다.

"오존— 어쩐지 금시에 속이 시원해지는 것 같아요."

"당연하지요. 사람 냄새가 아니요, 거리 냄새가 아니요, 산이나 바다 냄새니까."

"실컷 맡았으면 몸이 당장에 회복될 것 같아요."

"옳게 말했소. 산이나 바다로 갑시다. 응당 가야 할 곳을 미처 생각지 못했소그려."

그 자리에서 그 시간에 여행을 결정하고 그 길로 여행에 들 것을 준비하러 충 위로 올라갔다. 새로이 커다란 트렁크를 두 개 장만하고 옷벌과 일용품을 될 수 있는 대로 풍부하게 갖추었다. 아직 떠나지도 않은 여행의 감동에서 나는 오래간만에 생활의 활기를 얻어 마음이 짝없이 유쾌하였다.

성화

란야에게 함손의 요양비를 주어 떠나보낸다

떠날 시간과 목적지를 결정한 후 유례를 보내고 혼자 가게로 돌아와 이층에서 여행에 필요한 물건을 더 생각하고 있을 때 별안간의 손님이었다. 문을 익숙하게 열고 성큼 뛰어들어온 것은 오랫동안 없던 란야였다.

"바다가 독하긴 하군. 인도 병정같이 새까맣게 탔을 젠."

"첫인사가 그것뿐예요?"

란야는 불만한 듯이 모자를 벗어 던지고 방 가운데 우뚝 섰다.

"사슴같이 기운차구."

"더 형용해보세요."

짜장 사슴같이 껑충 달려들어 란야는 나의 목을 얼싸안았다.

"성인인가요. 돌부천가요. 놀고 들어와도 이렇게 천연스러울 젠."

목에 감긴 그의 팔을 풀어 슬며시 물리치며 나는,

"때려 달란 말인가."

하고 여전히 표정을 이지러뜨리지는 않았다.

"도리어 그편이 낫지요. 노염(노여움)도 없고 게염도 없는 것보다는. 그렇게 천치같이 천연스러우면 퉁길 힘조차 없어져요."

"게염이라니, 게염은 애정의 표시인데 그 꼴에 여전히 내게 애정을 요구한단 말인가?"

"이젠 그런 권리도 없단 말예요. 그럼 차라리 내쫓지요. 왜 문지방을 넘게 해요."

"맘대로 나갈 게지."

소리는 쳤으나 짜장 나는 천치나 아닐까 하는 생각도 들지 않음은 아니었다.

"옳지, 나가라고 했지요."

란야는 입술을 비쭉하고 영화 속에서와 같이 어깨를 으쓱하였다.

"정말예요. 또 한번 말해봐요."

성큼 달려들어 무릎 위에 올라앉더니 야살(괴상하고 짓궂으며 지나친 말이나 행동)스럽게 나의 턱을 쥐어 흔들었다.

"아닌때 짐은 웬 짐예요."

나는 아무 감동도 주지 않는 그의 몸을 굳이 밀어 떨어뜨리려고도 하지 않고 눈은 딴전을 보았다.

"바다에 가려고."

"철 지난 바다로 가시는 법도 있나요. 사람도 없는 파도소리만 있는……."

"그래야 해수욕복을 입지 않거든."

"오라! 해수욕복을 싫어하시는 성미지요. 월계나무 잎새 대신에 호박 잎새나 잔뜩 뜯어가시지요. 아담같이 앞을 가리게. 호박 잎새는 잔가시가 있어서 조심 안 하시면 살이 아플걸요."

오도깝스럽게 깔깔 웃고 목덜미를 더운 입으로 물었다. 이 미치광스런 애정의 표현에도 나는 돌같이 동하지 않는다. 란야는 나의 다리를 꼬집으며 건강한 전신으로 육박한다.

"이브는 누구예요? 대세요."

거의 여자의 본능적 신경으로 그것을 알아챈 것 같다.

"내게 무엇을 속이세요. 일언일동(一言一同, 하나하나의 말과 행동. 사소한 언행)이 역력히 설명하는 것을. 나를 돌려놓고 결국 갑절의 재미를 보셨으니 하긴 큰소리도 할 만하였다. 사람 없는 가을 해변에 한 쌍이 서면 옛날의 낙원같이 즐겁겠지요."

"……."

"들으니 유례도 나왔다지요. 탄 자리에 다시 불이 붙으면 좀체 끌 수 없을걸요."

"……."

"왜 뜨끔은 하세요. 유례라면 돌에도 감정이 통하는 모양인가요."

"웬 소리요. 대중없이 함부로."

나는 금시에 정색하고 란야를 밀쳐버렸다.

"유례와의 사이를 오해하지 마시오."

유례에게 대한 미안한 답변을 겸하여 나는 나의 입장을 설명하려는 듯이 목소리를 높였다.

"돌부처도 노여하시네. 서쪽에서 해가 뜬 것같이 어울리지 않아요. 차라리 가만히 계시지 황급하게 구시면 더 수상치 않아요?"

조롱이 끝나기 전에 나의 손은 란야의 볼을 갈기고 있었다.

란야의 마지막 마디가 이상하게도 마음속에 젖어들며 나는 곧 나의 경솔한 거동을 뉘우쳤다. 그의 말마따나 도리어 그에게 수상한 느낌을 주었을 것을 생각하면 부끄럽기도 하였다. '돌부처'의 낯짝에다 제 손으로 흙을 끼얹은 셈임을 생각하면 치가 떨렸다.

순간 상기되었던 란야의 얼굴빛이 즉시 풀어지고 아무 대거리(상대에게 대듦)도 없이 온순하고 침착한 태도로 돌아간 것도 나에게는 도리어 심히 겸연쩍은 노릇이었다. 그의 목소리조차 부드럽다.

"말이 과했다면 용서하세요. 유례에게 대한 제 인식만 고치면 그만 아녜

이효석

요. 모든 것을 옛 동지에게 대한 존경으로 돌려보내면 그뿐 아녜요. 어서 여행이나 즐겁게 하세요. 바다생활이나 재미있게 하고 돌아오세요."

란야가 이렇게 풀어지면 풀어질수록 나는 더욱 겸연쩍고 나의 흥분의 이유가 어디 있었던지를 이해하기 어려웠다. 차라리 그의 화제가 빗나가 피차의 주의가 다른 방향으로 흐름이 원이었다. 그러기 때문에 다음과 같은 그의 제의는 나를 괴롭히는 것이 아니요 도리어 누그럽혀(화가 나 있거나 흥분한 상태가 좀 부드러워지는) 주는 효과가 있었다.

"유례의 말이라면 놀라서도 제 말이라면 놀라시지 않으니, 어디 얼마나 냉정하신가 볼까요."

"또 무슨 장난을 하려고."

"오래간만에 돌아와도 놀라지 않으며 짜증을 내도 놀라지 않으며 목을 물어도 놀라지 않으셔. 어떻게 하면 놀라신단 말예요."

"어떻게든지 놀라게 해보구려."

란야는 문득 새로 그와는 다른 문제를 꺼내는 듯이 어조를 갈아 침착하게 말줄을 풀었다.

"사나이가 있어요. 항산(恒産, 살아갈 수 있는 일정한 재산, 또는 직업)도 없고 할 일도 없는 거리의 가난뱅이. 설마 금덩이가 우러날까 하고 바란 것은 아니었으나 풍신(풍채. 사람의 드러나 보이는 의젓한 겉모양)이 아까워 발에 채이는 돌멩이를 줍는 셈치고 주워 올렸지요. 튼튼만 한 줄 믿었더니 차차 알고 보니 초라한 신세에 병까지 폭 씌웠어요. 어차피 거리의 죄겠지만 이상하게도 그런 신세이므로 마음이 더욱 쏠림은 무슨 까닭인지요. 회복되어야 할 바다에서는 도리어 피를 게웠어요. 기쁨의 바다가 아니요 우울의 바다였어요. 병세는 날로 더한 것 같고 가난은 물같이 새어들고…… 기구한 인연을 어쩌면 좋아요."

"옛날이야기로 들어야 옳소? 란야의 현실로 들어야 옳겠소?"

장황한 그의 이야기에 나는 얼마간 현혹한 느낌이 없지 않았다.

란야의 어조는 확실히 애원하는 듯도 한 부드러운 것이었다.

"처분대로 하셔요."

"이야기라면 차라리 소설책을 읽는 편이 낫지."

"소설가 아닌 제가 재미있게 이야기할 수야 있나요. 이 무미한 이야기를 어떻게 전개시켰으면 좋겠어요?"

나는 더 농담을 계속할 수도 없어 진담으로 돌아가며,

"함손이 그런 졸장부인 줄은 몰랐구려. 불량스런 거리의 갱으로만 여겼더니 듣고 나니 병든 이야기의 주인공이란 말요. 가련한 약질의 지골로."

동정의 어조일지언정 물론 모욕의 어조는 아니었다. 한참이나 있다가 란야는,

"아까 어떻게든지 놀라게 해보라고 말씀하셨지요. 지금 이 자리에 문득 함손이 나타난다면 놀라시겠어요."

"놀라기보다도 진저리가 나겠소. 아예 그런 연극은 꾸미지 마시오. 해쓱한 병든 얼굴을 굳이 내게 보일 필요가 있소?"

손을 들어 굳게 사절하고 나는 말을 이었다.

"해결의 길은 한 가지밖에 없잖우. 내겐 그 이야기 속에 참례할 권리도 의무도 없으나 될 수만 있다면 좋게 처리하는 것이 국외자로서도 기꺼운 일임에는 틀림없으니까."

하면서 책상 서랍을 열고 여럿 되는 예금통장 중에서 하나를 들춰냈다. 내용을 살펴볼 필요조차 없으므로 그대로 란야에게 내밀었다.

"한 반년 동안의 요양비는 될 거요. 될 수 있는 대로 한적한 곳에 가서 회복에 힘쓰도록 함이 좋을 것이오."

그것이 바란 것이면서도 란야는 한참 동안이나 넋을 잃은 것같이 서 있을 뿐이었다.

"어떻게 하면 감사의 뜻을 나타낼 수 있을까요."

천치같이 우두커니 서서 손을 가늘게 떨면서 이윽고 눈썹 끝에 눈물이 맺히며 ― 이것이 그의, 나에게 대한 감사의 표현이었다.

나는 문득 란야에게서 '운명의 여자'를 본 듯하였다. 이어서 곧 나 자신이 더한층 운명적임을 깨달았다. 란야가 함손을 받들듯이 나는 그 란야 자신과 아울러 유례까지를 섬기는 셈이 아니었던가. 실로 마음속에는 유례의 그림자가 있으므로 나는 란야에게 대하여 그와 같은 너그러운 태도를 가질 수 있게 되었음을 깨닫고 가슴은 부끄럽게 수물거렸다. 그러나 백지장같이 해쓱한 함손의 꼴을 목전에 보지 않고 지낸 것은 다행이었다고 마음 한편으로는 은근히 기뻐도 하였다.

유례와 함께 동해안으로 여행을 떠나다

4

란야의 일건을 처리하고 난 나는 무거운 짐이나 벗어놓은 듯싶었다. 몸이 개운하여 날개가 돋친 것 같다. 유례와의 여행도 즐겁게 기대되었다. 란야가 함손과 고요한 생활을 시작할 것과 같이 나는 유례와 고요한 생활을 ― 하고 생각하다 문득 엄격한 반성으로 돌아가며 나와 유례와의 사이는 물론 함손과 란야의 사이와는 의미가 근본적으로 다르며 앞으로 올 생활도 그 양식이 스스로 같지 않다는 것을 마음속에 밝히고 설명하려고 애쓰는 것이었다.

란야는 예금통장을 가진 채 어디론지 사라져버렸다. 눈앞에 보이지 않는 란야와 함손과의 생활은 나에게는 말하자면 제목만을 알고 내용은 펴보지 않은 야릇한 이야기책인 셈인 고로 그들의 간 자취와 있을 곳도 나에게는 안개 속인 것이며 알아볼 필요조차 없는 것이다. 나는 나대로 혼자 뒤떨어져 가게를 닫치고 행장(行裝, 여행할 때 사용하는 물건)을 들고 집을 나오면 그만이었다. 가게문은 자물쇠로 잠근 위에 군데군데 못까지 박고 휴업의 간판을 내걸었다. 다시 돌아오지 않을 폐가와 같이도 보였다. 꿈의 보금자리인 이층과도 나를 무한히 유혹한 호프만의 성화와도 영영 하직일 듯한 느낌이 났다. 알 수 없는 한 줄기의 감상이 유연히 가슴속에 솟는 것이었다. 슬픈 탓인지 기쁜 탓인지도 모르게 발꿈치는 땅에 들어붙어 무거웠다.

일부러 유례의 집을 찾아 첫걸음부터 동행이 되었다. 새 생활에 대한 감동으로 유례는 빛나는 아침을 맞이한 아내와 같이 부드러운 표정이었다. 간 지 얼마 안 되는 새 구두도 벌써 발에 꼭 맞아 조금도 어색함 없이 그 체모에 어울렸다. 새 구두의 경우와 마찬가지로 나와의 사이도 어느덧 익숙하여져서 티끌만큼도 겸연하고 서투른 점이 없었다. 거리에서의 그의 자태는 구름같이 가볍게 보였다.

여행의 목적지로 동해안의 먼 곳을 고른 데는 별다른 이유가 없었다. 될 수 있는 대로 서울을 멀리하고 싶었고 차 속의 시간을 지리하지 않을 정도에서 길게 가지고자 하였고 끝으로 아름다운 동해의 창파와 그 부근의 고요한 피서지를 그 어느 곳보다도 사랑한 까닭이었다. 물론 유례의 의견도 그와 일치되어 별다른 제의가 없었다. 기차 속의 시간을 될 수 있는 대로 즐겁게 하기 위하여 일부러 오후 차를 골랐다. 차 속은 상당히 복잡하였으나 건듯하면(툭하면, 걸핏하면) 가라앉으려는 마음에는 그편이 도리어 도움이 되었다. 기실 평범한 사람들의 얼굴이 모두 각각 그 무슨 비밀을 품은 것같이 나에게는 신비롭게만 보였다.

거의 일주야가 걸리는 여행에 지칠까를 두려워하여 많은 시간을 식당차에서 보냈다. 나는 흰 식탁 위에 트럼프 쪽을 펴놓고 의미 없이 하트의 여왕을 고르려고 애썼다. 알맞게 흔들리는 차 안의 기분은 마치 기선의 선실과도 같으며—여객기의 객실도 그러려니 짐작된다. 차라리 기선을 타고 멀리 바다를 건너거나 그렇지 않으면 여객기에 올라 첩첩한 산맥을 넘어 대륙을 내뺐으면 하는 공상도 들었으나 혼자라면 몰라도 유례와는 하릴없는 노릇이었다.

고원지대에 들어서 높은 영에 걸린 것은 황혼에 가까운 때였다. 영은 얼마든지 길고 차는 돼서 기운이 부치는 모양이었다. 창밖에 새풀이 손에 잡힐 듯이 흔들린다. 나는 씨근거리는 기차와 호흡을 맞추며 눈은 한결같이 밖을 바라보며 그 무엇을 찾았다. 이윽고 차는 기적 소리와 함께 그곳에 다다랐다. 나는 감동의 어조로 유례의 주의를 끌었다.

"보시오. 여기가 분수령!"

차는 산맥의 최고지점을 지나는 중이었다. 그러나 유례는 나의 새삼스런 주의와 은근한 속뜻을 알 바 없어 평범한 표정을 지녔을 뿐이었다.

"이 분수령이 또한 내 생활의 분수령이 될는지도 모르오. 이곳을 넘는 때 나는 서울과 지금까지의 생활과 영영 작별하는 셈일 듯하니 말이오."

"왜요. 무슨 말씀예요."

하기는 유례가 내 뜻을 알 리는 없었다. 나 자신 나의 결심의 정도를 확실히 잡지 못한 형편이 아니었던가. 나는 '그것'을 이미 확적히 마음속에 작정하였는지 못하였는지 마음은 갈팡질팡하여 안개 속같이 아리숭할 따름이었다.

"해발 팔백 미터!"

유례의 주의에 나도 분수령의 표식을 내다보았다. 하아얀 기둥이 삽시간에 눈앞을 지나갔다. 순간 이상하게도 그것은 나에게 한 폭의 환영을 번개같이 가져왔다. 바다 위에 솟은 팔백 미터의 간드러진 기둥 꼭대기에서 일직선으로 바다에 떨어지는 나 자신의 꼴이 펀뜩 눈을 스친 것이다. 이 돌연한 어지러운 환영에 나는 주물뜨려 놀라며 전신에 소름이 쪽 돋는 것이었다.

잠 안 오는 밤을 침대차에서 고시랑거리다가(군소리나 잡답을 늘어놓다가) 날이 밝자 뛰어내려 세수를 마치는 길로 식당차에 들어갔다. 거기서 나는 우연히 꼭두새벽부터 예측지도 못한 광경에 부딪쳤다. 마치 그 광경을 보러 그렇게 일찍이 그곳에 들어간 것과도 같았다. 두 사람의 보이가 무슨 까닭으로인지 식탁 위에 진을 치고 맹렬한 육박전에 열중되어 있는 중이었다.

식탁 위에 깔린 보이는 부치는 기운에 꼼짝달싹 못하고 적수의 공격에 몸을 맡기다시피 하고 높은 고함을 치는 법도 없이 약한 목소리로 어르고 있을 뿐이었다. 내가 들어가자 두 사람이 문득 싸움을 중지하고 깔렸던 편도 날쌔게 몸을 일으켜 아무 일도 없었던 듯이 어슬어슬 몸을 움직였다. 불같은 분을 품은 욕지거리일 터임에도 불구하고 두 사람의 건네는 말은 은근한 회화같이 부드럽고 입은 저고리같이도 하아얀 얼굴에는 이렇듯한 노기를 찾아볼 수는 없었다. 그 싸움 가운데에서 이상한 것은 그것을 방관하고 섰는 다른 한 사람의 보이였다. 그는 한편에 가담하는 법도 만류하는 법도 없이 냉정하게 그러나 부드러운 낯으로 동료의 싸움을 바라만 보고 있었다. 모든 것이 부드럽게 보이면서도 기실 늑진한 공기가 흘렀다. 이상스런 한 폭의 그림이었다. 그 평화스럽고도 격렬한 싸움은 나에게는 우연히도 진한 암시였다. 여행의 목적지에 도착한 날 새벽부터 목격하게 된 그 괴이한 인연을 나는 결코 유쾌히 여기지 않으며 식당을 닫혔다.

여행은 즐거우면서도 불안하다

목적지에 도착되자 우리는 바다도 멀지 않고 산도 가까운 온천거리에 행장을 내렸다. 개울로 향한 여관 이층에 각각 방을 잡고 산속의 생활이 시작되면서부터 나의 마음속에는 식당에서 목격한 것과 같은 진득한 싸움이 일어나게 되었다.

"저는 지금 꿈속 사람인 셈예요."

유례는 짐을 정리하고 나서 말하였다.

"꿈속 아니고는 이러한 행동을 할 리 없어요. 정신없이 짐을 싸가지고 기차를 타고 이런 곳에 내려 이런 방에까지 들게 된 것이 모두 꿈예요. 무슨 까닭에 무엇하러 왔는지를 도모지 분간할 수 없군요. 이 꿈이 깨일 때 저는 얼마나 부끄러워하고 뉘우치게 되는지 몰라요."

유례가 이런 반성에 잠길 때 나는 또한 나 자신의 생각과 괴롬 속에 잠겼다. 두 가지의 마음이 두 사람의 보이같이 평화스럽게 은근히 싸우는 것이었다.

울적한 심사를 뿌리칠 겸 나는 유례를 꼬여 즉시 산속으로 산보를 떠났다.

산속은 드문드문 별장이 선 외국 사람들의 피서촌이었다. 초행인 유례에게 나는 그 마을에 관한 여러 가지 지식을 이야기하면서 걸었다. 유례는 적지 않은 흥미를 가지고 캐물으므로 나에게는 그것이 한 큰 도움이 되었다. 여름이 지난 까닭에 피서객들은 거반 하얼빈이나 상해로 가버린 뒤이므로 마음이 쓸쓸하였으나 그 한적한 맛이 첫 가을의 정취로는 도리어 맞는 것이었다. 나는 언덕을 올라가 행여나 주인이 있을까 생각하면서 비행기식 저택을 기웃거렸다. 별장의 주인 콜니에프 씨와 면목이 있는 까닭이었다. 아직 도회로 돌아가지 않은 콜씨는 다행히 뜰안을 거닐고 있었다. 나는 그 중년의 노인과 반갑게 인사하고 유례와 함께 뜰안에 들어감을 얻었다. 어디서인지 뒤미처 젊은 부인이 나타나 친절하게 맞이하여 앞장을 서서 응접실로 베란다로 후원으로 안내하면서 새삼스럽게 집의 규모를 자랑하는 것이었다.

꽃 없는 온실 앞에 이르렀을 때 부인은 문득 유례를 가리키며 '레이디'냐고 나에게 물었다. 너무도 당돌하고 급스러운 질문인 까닭에 나는 두 사람의 사이를 장황하게 설명할 수도 없어 그렇다고도 그렇지 않다고도 대답할 겨를이 없이 웃어만 보였다. 부인 자신이 어떻게 짐작하였는지는 모르나 유례는 나의 그 태도를 별로 불쾌히 여기는 빛도 없이 나와 같이 픽 웃을 뿐이었다. 그러는 동안에 콜씨는 두 송이의 달리아를 꺾어다 나와 유례의 옷자락에 꽂아주었다. 꽃밭에서 해바라기씨를 정신없이 까먹는 콜씨의 막내딸인 어린 소녀조차 우리를 유심히 바라보는 것이다.

"주인에 비겨서 부인이 너무도 젊어요."

비행기관을 나와 다시 언덕을 내려오면서 유례가 이렇게 의아해할 때 나는 기다렸던 듯이 마침 설명하려던 터요 하고 부부의 비밀을 귀띔하여 주었다.

"하얼빈서 얻은 제이부인이라나요."

"오라, 그러니까 벽지(僻地, 외딴 곳에 뚝 떨어져 있는 궁벽한 땅)에다 별장을 꾸며놓고 여름 한철을 와서 숨어 있는 셈이죠."

산속은 시절에 대하여 한결 예민한 듯하다. 가을을 잡아들었을 뿐이나 나뭇잎들은 물들기 시작하였고 마을길은 쓸쓸하게 하얗게 뻗쳐 있다. 길 위에도 나무 사이에도 별장 베란다에도 피서객 남녀의 그림자는 벌써 흔하게 눈에 뜨이지 아니한다. 그들은 한여름 동안 기르고 익힌 꿈을 싸가지고 푸른 능금이 익으려 할 때 손을 마주 잡고 하얼빈으로 상해로 달아난 것이다.

붉은 푸른 흰 지붕의 빈 별장들은 알을 까가지고 달아난 뒤의 새둥우리요, 머루넝쿨과 다래넝쿨 아래 정자는 끝난 이야기의 쓸쓸한 배경이다. 조그만 극장 닫힌 문간에는 가을 청결검사 종이 표지가 싸늘하게 붙었고 홀 안에는 울리지 않는 피아노가 거멓게 들여다보인다. 벽 위의 그림이 칙칙하고 무대에 장치한 질그릇의 독들이 앙상하다. 운동장 구석의 먼지 앉은 벤치에도 때묻은 그네줄에도 지천으로 버려진 초콜릿 종이에도 사라진 꿈의 찌꺼기가 고요하게 때묻었을 뿐이다. 한 잎 두 잎 떨어지는 낙엽은 이야기의 부스러기와도 같다.

남이 꿈을 깐 뒷자리를 하염없이 거닐기란 웬일인지 이야기를 잃은 초라한 거지 같은 느낌이 문득 든 까닭에 쇠를 잠근 별장 앞을 지나기도 먼지 앉은 벤치에 걸어앉기도 멋쩍어 우리는 양코스키 씨의 터 안으로 발을 옮겨놓았다. 꿀을 치는 벌떼, 풀 먹는 소들, 뛰노는 사슴들―쓸쓸한 마을 속에서 그곳만은 생활이 무르녹아 있는 듯하다. 그러나 기운찬 사슴 떼를 바라보고 있는 동안에 별안간 란야의 자태가 머릿속에 떠올랐다. 필요치 않은 환영을 떨쳐버리려고 애쓰며 나는 즉시 그곳을 떠나 골짝 아래 식당으로 유례를 이끌었다.

산에서 짠 우유와 꿀과 머루잼과—사치하지는 못할망정 산골 식당의 점심으로는 신선한 풍미였다. 개울물 소리에 벽에 꽂힌 새풀과 단풍잎새가 떨린다. 휑뎅그레한 긴 식탁 맞은편 구석에 앉아 이쪽을 연해 바라보는 한 쌍의 남녀, 그들이 아마도 피서지의 마지막 한 쌍일 듯싶다. 쉴 새 없이 소곤거리는 품이 이날 밤으로 떠나자는 마지막 의론이 아닐까. 단발한 동그란 얼굴에 붉은 입술을 재게 놀리는 여자—란야와 흡사한 종류의 인상을 주는 여자이다. 나는 여기서도 또 필요 없는 란야의 그림자에 마음을 어지럽힐 까닭이 없으므로 웬만큼 앉았다 자리를 일어섰다.

바위억설을 지나 험한 개울 위에 어마어마하게 높게 걸린 널다리에 이르렀을 때 나는 문득 아찔하였다. 누굿누굿 휘는 다리 아래 수십 길 되는 곳에 새파란 물이 거품을 품기며 바위 사이로 용트림하여 흐르고 있음을 보려니 별안간 기차로 분수령을 넘을 때에 본 환영이 생생하게 눈을 스친 까닭이다. 바다 위에 솟은 팔백 미터의 간드러진 기둥 꼭대기에서 일직선으로 떨어지는 나 자신의 꼴이 바로 그 다리 위에서 떨어지는 꼴로 변하였던 것이다. 순간 나는 주춤하여 몸을 끌고 새삼스럽게 유례를 보았다. 다리가 휘는 바람에 유례도 겁을 먹고 나를 붙들었다. 나의 마음은 순식간에 다시 풀리며 즉시 겁을 먹은 어리석음을 뉘우치고 도리어 그 무엇을 결심하기에 넉넉한 마음의 여유조차 가질 수 있었다. 다리는 나에게 정다운 유혹이 아니었던가. 나는 순간의 어색한 공기를 풀기 위하여 다리에 관한 한 가지의 이야기를 유례에게 들려주었다.

이효석

지난해 여름, 다리 아래 소에서 목욕하던 피서객 중의 한 여자가 다리 위에서 물에 잠기려 하다가 잘못 떨어져 목숨을 버려 지금에는 낯선 땅 무덤 속에 붉은 십자가와 함께 잠자고 있다는—나에게는 무한한 흥미를 주는 그 이야기가, 그러나 유례에게는 그닷한 감동을 주지 못하는 듯하였다.

"실족해서 떨어졌다면 그다지 로맨틱할 것이 있어요?"

"어떻게 돼서 떨어졌든지 간에 떨어진 그 사실이 내게는 유혹이오. 얼굴도 모르는 그 여자가 물속에서 나를 부르는 듯도 하오."

"왜 그렇게 말씀하세요."

유례는 흔들리는 다리 위에서 문득 나에게 전신을 쏠리고 둥그런 눈망울로 나를 똑바로 쳐다보는 것이었다. 그의 얼굴이 나의 얼굴 앞에 불과 몇 치의 거리로 가까이 있다.

정신적 우상인 유례에게 육체적 욕망을 느끼고 번민하다

밤은 괴로웠다. 이웃방의 유례가 의식의 전부를 차지하여 좀체 잠이 들지 않았다. 그러나 생활의 설계를 실천함이 유례를 그곳까지 이끈 목적임을 반성하고 이튿날 아침은 일찍이 일어나 그의 소원인 바다로 떠났다.

차로 한 시간이 걸렸다. 누구나가 다 하는 것같이 해수욕복을 입고 그 모래 위에 뒹굴기도 멋쩍어 궁벽한 곳을 찾아 등대를 구경하기로 하였다. 그것은 확실히 신기한 생각이었다. 등대에는 통속소설의 세상과는 다른 아름다운 시가 있으려니 짐작된 까닭이다. 유례는 즐거운 기대에 차 속에서 유쾌하게 회화하였다.

먼지와 해어(海魚, 바닷물고기) 냄새의 항구를 지나 고개를 넘은 높은 산기슭에 등대가 있다. 파란 산, 푸른 바다의 짙은 배경 속에 뜬 하아얀 집들은 호수 위에 뿌려진 조개껍질이다. 일면으로 깔린 조약돌, 우윳빛 뺑끼('화장실'의 은어), 조촐한 화단—모두가 종이 위에 채색된 수채화의 인상이지 흙덩이 위에 선 현실의 풍경은 아니다. 바다로 깎아내린 산등에 솟은 등대는 꿈속의 탑. 속세를 떠난 그 아름다운 그림 속에서는 사람의 거동조차 유장(悠長, 서두르지 않고 마음에 여유가 있음)하고 넉넉하다. 우리의 청을 승낙하고 등대 안으로 길을 인도하는 젊은 당직 간수의 걸음은 게걸음같이 느렸다. 아직도 세상에는 그렇게 아름다운 곳이 남아 있었던가 하는 감격을 못 이기면서 한 조각의 풍경도 놓치지 않겠다는 면밀한 주의로 길 구석구석을 살피며 간수의 뒤를 따랐다.

　일등선실과도 같은 등대의 탑 안은 어둠컴컴하고 탑 꼭대기 등불까지에는 두 층으로 나누인 긴 층대가 섰다. 이십 해리를 비취는 사만 팔천 촉광의 위대한 백열등—그것은 땅 위의 태양이다. 그 태양으로 오르는 층대는 마치 천당으로 통하는 길과도 같이 좁고 험하여 겨우 한 사람만이 통하게 되었다. 길은 외통(오로지 한 곳만으로 통하는 것)이요 오를 사람은 둘이다. 층대 어귀에 서서 (나는 유례에게) 길을 사양하였다.

　유례는 서슴지 아니하고 앞장을 서서 층대에 발을 걸었다. 나는 무심히 뒤미처 그의 뒤를 따랐다. 올라보니 층대는 사다리같이 곧고 좁아 유례와 나는 거의 일직선 위에 서게 되었다. 다시 말하면 유례는 나의 목말을 타고 두 어깨 위에 올라선 셈과도 같았다. 유례의 발은 바로 나의 코앞에 있고 난간을 붙든 두 팔에는 치맛자락이 치렁거리는 지경이었다. 층대의 철판이 턱에 부딪히므로 나는 하는 수 없이 얼굴을 위로 쳐들 수밖에는 없었다. 그것은 극히 자연스러운 무심중의 행사였으나 나는 다시 급스럽게 얼굴을 내려뜨렸다. 그러다가 철판에 턱을 호되게 찧고 도로 떠받들리울 수밖에는 없었다. 별안간 태양을 마주 본 듯이 눈이 부셨던 까닭이다. 골이 어지럽고 현기증이 났다. 무심중에 보게 된 유례의 몸이 사만 팔천 촉광 이상의 광채를 가지고 나의 눈을 둘러 빼었던 것이다. 지상의 태양은 오만 촉광의 등대가 아니고 참으로 유례의 육체였던 것이다. 탑 꼭대기에까지 올라가 찬란하게 타는 프리즘의 백열등은 본체만체하고 탑문을 박차고 나왔을 때 나는 허둥거리는 몸을 위태스럽게 철난간에 부딪혀버렸다. 수십 길 되는 난간 아래는 물감덩어리를 풀어놓은 듯이 도지는 푸른 바다다. 그러나 나의 몸이 떨리고 다리가 허전거리는 것은 그 바다가 무서워서가 아니요 층대에서 받은 무서운 감동으로 인함이었다.

유례의 몸이 떨림은 발 아래가 무시무시한 까닭일까. 난간에 의지한 몸을 부르르 떨더니 별안간 나의 곁에 쏠려 전신을 던져왔다.

품안에 날아든 새를 붙드는 셈으로 나는 유례를 두 팔에 안았다. 몸이 허공에 뜬 것같이 떨린다. 유례의 얼굴이, 눈이, 입이, 나의 얼굴 밑에 가깝다. 번개같이 더운 입이 유례의 이마를 스쳤다. 바다가 고요하고 하늘이 높다. 그대로 한 몸이 되어 난간을 뛰어넘어 단숨에 바닷속으로―그것이 단 하나의 길이건만 오래간만에 유례의 몸을 안은 그 자리에서 나의 머릿속은 순간 꺼진 필름장같이 부옇게 비었을 뿐이었다.

오래간만에 유례의 몸을―오래간만에―꺼진 필름장같이 비었던 머릿속은 문득 환해지며 다시 그림이 연속되는 필름장같이 지난 기억의 한 폭이 비쳐지기 시작하였다.

유례가 파업하다 쫓겨 '나'와 지냈던 일을 회상하다

유례에게는 아직 건수가 없고 나에게는 란야가 안 생겼을 때였다. 나는 학교를 마쳤을 뿐 아직도 생애의 지향이 서지 못한 채 셋방에 뒹굴며 하는 일 없이 나날을 지냈다. 학교에서 받은 철학의 체계도 인생의 향방을 결정하여 주지는 못하였다. 해골을 모아 짜놓은 빈 탑과도 같은 쓸모없는 철학의 많은 노트를 모조리 뜯어 불살라버리고 굳이 활기를 찾으려고 생활의 앞길을 노렸으나 헛수고였다. 가령 직업으로 말하더라도 나의 마음을 당기는 직업은 하나도 없었고 그렇다고 가지고 있는 과만한 재산을 쓸 길도, 그것을 바치고 싶은 방허도 없었다. 그런 나의 무위의 성격을 비웃는 듯이 유례는 그 자신의 굳센 신념의 목표로 향하여 활기 있는 행동의 열정을 모조리 쏟는 것이었다.

마침 유례는 그를 길러준 여학교의 파업을 지도할 임무를 띠고 주야로 분주할 무렵이었다. 기어코 파업은 불성공으로 단결은 깨뜨려지고 희생자를 내기 시작하자 이윽고 등 뒤의 주동이 주목되었다. 벌써 구체적 인물이 판정되어 지칭(指稱, 가리켜 일컬음)을 받게 됨을 알았을 때, 유례는 하는 수 없이 거리의 눈을 피하여 이쪽 저쪽 몸을 옮길 수밖에 없었다.

"마저마저 걸릴 듯한 형세예요."

신변에 가까운 그물 기슭을 피하는 물고기와도 같은 민첩한 자세로 나의 방에 뛰어든 것은 늦은 저녁때였다. 긴장된 때의 눈방울이란 공기같이 차고 전신에는 탄력이 넘쳤다. 방향 잃은 물고기를 나는 방 속에 가두었다. 방 안에서는 유리항아리 안의 금붕어같이 연하고 부드러운 자세였다.

신변의 위험은 감쪽같이 잊어버리고 아무 일도 없었던 것같이 밤늦도록

이효석

제각각 책장을 번겼다. 무미한 파업의 경과보고를 듣기도 괴로운 일일 듯하여 나는 유례에게 책을 권하고 읽던 소설책을 펴든 것이었다. 그러나 유례 자신의 마음속은 알 바 없어도 나는 모처럼 숨었던 유례를 옆에 놓고 마음속에는 아무 파도도 없는 듯이 천연스럽게 독서에만 열중하고 있을 수가 없었다. 당시 나에게는 달리 애정의 대상되는 여자가(란야가 아니라) 있었다고는 하였으나 의식의 그 어느 구석에 유례의 자태도 늘 떠나지 아니하고 맴돌고 있었던 까닭이다. 그것이 곧 애욕을 의미하였던지 않았던지는 알 바 없다.

　책에 지쳤던지 자정을 넘었을 때에는 유례는 한구석에 그대로 쓰러져 쉽게 잠이 들었다. 이불을 걸쳐주고 나는 내 자리에 누웠으나 눈은 말똥말똥해지고 정신은 더욱 맑아갈 뿐이었다. 등불이 지나쳐 밝은 죄도 있었겠으나 그렇다고 불을 끌 수도 없었다. 하는 수 없이 이불을 푹 쓰고 고시랑거리다 어느 결엔지 약간 잠이 든 모양이었으나 그것은 짧고 어지러운 잠이어서 다시 눈이 뜨였을 때에는 골이 무겁고 관자놀이가 후둑후둑 뛰었다. 잠드는 약이라도 먹어볼까 하고 일어나 책상 서랍을 들칠 때 애써 안 보려고 하던 유례 쪽으로 자연 눈이 가는 것을 어찌할 수 없었다.

　목석이 아닌 바에 사람을 옆에 두고 그렇게 곤하게 잠들 수 있을까. 유례는 이불을 차고 무례하게 아랫몸을 드러내놓고 얼굴을 불그레 물들이고 단잠에 폭 빠져 있지 않은가. 방 안에는 나밖에는 꺼릴 눈은 하나도 없었으나 그래도 그의 벗은 몸을 덮어주려고 가까이 가 이불을 끌어올리다 나는 힘을 잃고 그 자리에 푹 주저앉아 버렸다. 정신없이 유례에게 몸을 부딪쳤다. 얼굴이 맞닿았다. 방 안이 어지럽게 핑핑 돌았다.

　"웬일이세요. 이럴 법 있나요."

깜짝 놀라 유례는 눈을 떴다. 그러나 짜증을 내며 불시에 나의 뺨을 치는—법도 없이 애써 나의 몸을 밀쳐버리려고도 하지 않았다.

"이미 사랑하는 사람이 계시지 않아요."

다른 말도 많을 터인데 하필 이러한 말을 함은 무슨 뜻인지를 알 수 없었다. 겸양(謙讓, 겸손하게 사양함)의 말일까. 연애의 공덕을 지키자는 뜻일까. 사랑하는 사람이 없었다면 모든 것을 나에게 바칠 수 있다는 의미일까. 나는 금시에 냉정한 반성으로 돌아가며 덥던 몸이 순간에 식어버리고 나의 꼴이 몹시 겸연쩍음을 느꼈다.

유례의 몸은 별안간에 따뜻한 피를 잃고 마치 신성한 그림같이, 엄숙한 '터부' 같이, 싸늘하게 보여 더 다치기 어려운 것이었다. 그러므로 내가 불같이 유례를 훔치려고 한 것은 사랑이었던지 그렇지 않으면 단순한 짐승의 욕심이었던지를 모르고 말았다.

그 밤과 이 밤과는 퍽도 다르다. 바다에서 등대에서 돌아온 밤 한결같이 타오르는 열정의 불꽃은 도저히 끌 바 없었다. 그 밤에 시작된 열정은 이 밤에 맹렬히 살아나 곱절의 세력으로 불붙는 것이었다. 타는 몸을 어쩌는 수 없어 나는 잠자리를 일어나 아닌 때 목욕실로 내려갔다. 그러나 뜨거운 온수는 도리어 몸을 덥힐지언정 마음을 식히지는 못하였다. 바로 창밖 기슭에는 한 포기의 느릅나무인지 느티나무인지의 아름드리 고목이 우거져 가뜩이나 어두운 창을 칙칙한 검은 그림자로 압박하고 있다. 허물없는 그 고목까지도 깨끗하게 나의 답답한 마음을 뒤덮는 결과밖에는 되지 않았다. 이웃간 여탕에서는 이 역 아닌 밤중에 목욕하는 사람이 있는 눈치였다. 그 역 잠 안 오는 사람임에 틀림없다. 유례나 아닐까 생각하며 고요히 철벅거리는 물소리를 들으면서 나는 욕실을 나가 잠옷을 걸쳤다.

일단 방으로 돌아갔으나 마치 유령에게나 홀린 것같이 발은 허둥허둥 되돌아 정신없이 옆방으로 향하였다. 아무렇게 되거나 마지막 결단을 내자는 심판이었는지 모른다.

그러나 유례는 방에 없었다. 유례 대신에 텅 빈 방에서 날쌔게 나는 무엇을 보았던가. 유례의 존재를 대변하는 듯도 한 한 장의 편지가 책상 위에서 나의 시선을 끌었다. 넓은 책상 위에 꼭 한 장 놓인 흰 봉투의 오똑한 편지가.

달려들어 그 편지를 집은 결과 멀리 떨어져 있는 건수에게로 보내는 유례의 편지임을 알고 순간에 그것을 꾸짓꾸짓 꾸겨 손아귀에 훔쳐쥔 것은 삽시간의 거의 미치광이의 거동같이 황망한 것이었다. 편지를 다시 펴서 떨리는 손으로 죽죽 찢어 내용이 사라져버린 의미 없는 종잇조각을 뭉크려 쥐었을 때 복도에 발소리가 나며 유례가 들어왔다.

여탕에서 목욕하던 사람은 역시 유례였다. 잠옷의 앞을 되고말고(되는 대로) 두 손으로 여며 쥐고 수건을 어깨에 걸치고 들어오는 유례를 향하여 나는 다짜고짜로 찢어 쥔 편지의 뭉치를 뿌렸다. 유례는 영문을 몰라 그 자리에 주춤 섰다.

확실히 바른 정신을 잃은 착란된 꿈속의 거동이었다. 이어 나는 불같이 유례에게 달려들어 부서져라 그의 몸을 안고 얼굴을 찾았다. 유례는 순간에 모든 것을 이해한 것이었다. 굳이 발버둥치며 나의 몸을 밀쳐버리지는 않았다. 침착하게 입술을 허락하였다. 나는 욕심쟁이같이 언제까지든지 얼굴을 떼려고 하지 않았다. 입술은 솟는 피같이 더웠다.

나는 이 밤같이 건수에게 질투를 느낀 적은 없다. 불붙는 게염, 용솟음치는 미움─원시인이 던지는 창살과도 같은 날카로운 감정이 건수를 쏘았다.

그 무서운 질투로 말미암아 나는 비로소 내가 유례를 사랑하고 있음을 깨달았다. 오랫동안 유례에게로 기울어 맴돌던 갈피갈피의 감정 ─ 그것은 모두 사랑의 감정이었던 것이다. 장구한 마음의 방황은 그 사랑의 확증을 얻으려고 싸운 시험과정임을 알 수 있었다. 실로 오래간만의 발견이었다. 그러나 한 발견도 그 자리에 무슨 결과를 가져올 수 있던가. 아무 열매도 맺을 수 없었다. 때가 늦었고 모든 형편이 너무도 뒤틀려진 것이다.

이윽고 유례는 얼굴을 돌리며 나의 몸을 밀쳤다. 무엇을 더 요구할 수 있었던가. 그 이상 더 사랑의 증거를 주고 사랑의 표시를 빼앗을 수 있던가. 그의 몸을 놓치지 않으려고 벅서는 나의 팔을 물리치고 유례는 방 가운데 주저앉으며 팔로 얼굴을 가리어 버렸다.

"더 괴롭게 하지 마세요. 제 처지를 생각해주세요."

금방 울 듯한 목소리였다.

더 손을 댈 수도 없어 나는 산란한 정신을 부둥켜안고 방을 뛰어나가 뜰에 내려섰다. 허둥지둥 골짝을 내려가 개울가 돌밭에 섰다. 방에 돌아가지 못할 운명을 잘 아는 나는 어두운 밤 돌 위에서 밤을 새울 수밖에는 없었다.

긴 꿈이라도 꾼 것 같다. 어찌 되어 그 개울가에 섰으며 그 전에는 무슨 일이 일어났던지가 머릿속에 까맣고 아득하다. 당금(當今, 바로 지금) 서 있는 곳이 서울이 아니며 방 안이 아니며 틀림없는 개울가인가. 그것은 무슨 까닭인가 하는 갈피갈피의 착각이 마음속을 구름같이 휘저어 놓았다.

어느 맘때나 되었는지 나는 문득 등 뒤의 울음소리를 들은 듯하여 돌아섰다. 어둠 속에 유례가 서서 느끼고 있는 것이었다. 나는 가까이 가서 어깨에 손을 얹었다.

"알고 보니 때가 너무 늦었었소. 달을 보러 나왔을 젠 이미 새벽이 가까웠구려. 좀더 일즉이 마음의 의향을 종잡았던들……."

짜장 새벽이 가까웠는지 밤기운이 몸에 차다.

'나'는 혼란한 감정에 빠져 자살을 시도하다

5

길은 하나밖에 없었다. 기어코 마지막으로 그 길이 왔음을 깨닫고 나의 마음은 설레는 법 없이 도리어 침착하였다.

무위의 생애에 끝으로 하나 남은 희망은 유례였으나 그것을 알게 된 순간이 곧 또한 유례를 떠나야 할 순간임은 확실히 저주된 인생인 것이다. 저주된 인생을 떠남이 나에게는 차라리 구원이다. 동시에 그것은 영원히 유례를 차지하는 수단도 된다.

그러나 그 길은 반드시 새삼스럽게 작정된 길도 아니다. 평소부터 늘 예감하여 오던―호프만의 그림을 보기 시작한 때부터 마음속에 우렷이 짐작되고 유례와 같이 기차로 분수령을 넘을 때에 웬만치 작정된―말하자면 마음속에 익숙한 길이었다. 그것이 이 밤에 마침내 유례에게 대한 감정의 성질이 확정되자 동시에 결정적으로 작정되었을 뿐이다. 해발 팔백 미터의 기둥 꼭대기에서 일직선으로 바다로 떨어지던 어지럽던 환영이 절실한 현실의 요구로 변하여 눈앞에 나타났을 뿐이다.

유례의 몸을 옆에 가까이 두고도 그것이 터부인 까닭에 다치지 못하고 있는 것은 기쁜 것이 아니라면 슬픈 것이어야 할 것을 마음은 눈도 깜짝 안 하고 무감동하게 침착함은 대체 무슨 까닭이었을까.

간밤의 기억도 다 잊어버린 듯이 나는 무심히 행장을 정리하였다. 실상은 그럴 필요도 없었겠으나 일이 난 후에 어지럽게 널려 있을 꼴이란 상상하기도 을씨년스러운 까닭에 그런 주밀한(빈틈이 없이 매우 찬찬한) 마음씨를 아끼지 않았다. 트렁크 속에 넣을 것을 다 수습한 후에 서울에 있는 가게의 처리와 예금통장의 처치를 부탁하는, 유례에게 보내는 편지를 써서 그 속에 넣고 주인에게는 은밀히 유례가 머무르고 있을 동안까지의 숙박료를 넉넉하게 치러주고는 낮쯤 되었을 때 유례를 이끌고 여관을 나갔다.

가을 하늘이 유리 조각같이 단단해 보인다. 바로 산기슭의 푸른 한 폭은 때리면 깨뜨러질 것같이 맑다. 산허리의 단풍이 날이 새롭게 물들었고 그것이 고기비늘 같은 조각구름과 아름답게 조화되었다. 이런 자연의 풍물을 한 폭 한 폭 감상할 만한 마음의 여유조차 잊었던 모양이다. 유례와의 마지막 산보의 한 걸음 한 걸음을 아깝게 여기면서 피서촌으로 향하였다.

한 줄기의 곧은 하아얀 마을길은 들어갈수록 낙엽이 어지럽다. 백양나무, 아카시아, 다래넝쿨의 낙엽이 한층 민첩하고 빠른 것 같다. 머루송이가 군데군데 떨어진 길바닥에 병든 나무 잎새가 한잎 두잎 펀득펀득 날아 떨어졌다. 문득 베를렌의 〈샹송 도톤〉의 구절이 가슴속에 흘렀다. 들리지 않는 비올롱의 멜로디가 확실히 나의 걸음의 반주로 뼈를 아프게 긁는 것이다. 낙엽과 나―나와 낙엽! 두 번째 들어간 산 식당의 마지막 오찬―그것은 최후의 만찬과도 같이 검소한 것이었다. 빵과 포도주―포도주를 대신하는 꿀은 그다지 달지도 않았으나 그렇다고 쓰지도 않았다.

식당을 나가 기어코 다다를 곳에 마지막 목적지에 서게 되었다. 깊은 소(沼) 위에 어마어마하게 걸린 높은 널다리 위에 다시 선 것이다. 다리가 출

렁거리고 물이 나뭇잎 같은 것은 전과 일반이다. 다른 것은 나의 마음뿐이다.

"좁은 문이 지금의 내게는 탄탄대로로 보이는구려."

나의 목적을 예료(예측)한 듯이 끝까지 나의 거동을 세밀히 관찰하던 유례는 그 한 마디에 나의 마음을 간파한 눈치였으나 놀라는 표정을 하였을 뿐 다따가 말은 못 이었다.

나는 그가 못 미치는 동안에 꾀바르게 혼자 떨어져 어느덧 다리의 거의 복판까지 걸어가 섰다.

"내내 건투하시오. 현실의 유례에게는 내 손이 닿지 않으니 유례를 마음대로 가질 수 있는 세상으로 가려는 거요…… 외국 여자의 본을 받아 붉은 십자가를 세울 필요도 없소."

농으로 보이려고 될 수 있는 대로 웃으면서 난간의 쇠줄을 잡고 널판 기슭에 나섰다. 벌써 일순도(한순간도) 주저할 필요는 없었다.

"참으세요. 기다리세요."

유례가 황겁히 외치면서 뛰어올 때에는 나는 벌써 발을 빗디디고 잡았던 쇠줄을 놓은 뒤였다.

얼굴이 뜨고 오금이 근실거리는 극히 짧은 순간 문득 눈앞에는 푸른 물 대신에 유례, 건수, 란야 세 사람의 모양이 회오리바람같이 휩쓸려 뱅돌다가 다음 순간 탈싹 부서져 버렸다.

몸이 찢어지는 것 같고 어깨가 쑤욱 솟는 것 같고 – 의식은 거기서 끊어졌다.

• • •
성화

의식을 되찾은 '나'를 란야가 지키고 유례는 떠나다

이야기는 끝났어야 할 것이나 질긴 목숨이 소생된 까닭에 더 계속된다. 소에 빠진 채 바위에 몸을 부딪치거나 영영 솟지 않거나 하였던들 그만이었을 것을 공교롭게도 혹은 공칙하게도 몸은 길이로 살촉(화살 끝에 박은 뾰족한 쇠)같이 물속에 잠겼다가 깊은 타격도 상처도 받지 않고 다시 쑤욱 솟으면서 물 위에 떠올랐던 것이다. 물론 그 당장의 감각이라든가 의식이라든가는 전혀 기억 속에는 없었고 다시 눈이 뜨였을 때는 여관방 복판에 누워 있는 자신을 발견하였을 뿐이었다.

의사가 막 다녀간 뒤였다. 새 요 위에 누운 나의 주위에는 시중드는 하녀들의 오락가락하는 그림자가 어지럽고 알콜 냄새 약 냄새가 코에 맡혔다. 팔에는 주사를 맞은 뒷자리가 여러 군데요 머리와 다리에는 붕대가 친친 감겨 있었다. 무거운 환자의 병실같이 화로에는 숯불이 이글이글하고 주전자에서는 김이 무럭무럭 오르며 천장에는 여러 폭의 축인 수건이 걸려 있다. 물론 그 모든 어수선한 사이로 무엇보다 먼저 유례의 자태가 눈에 뜨인 것은 두말할 것 없다.

문득 눈을 뜨고 두리번거리기 시작하였을 때 유례는 선뜻 머리맡에 다가앉으며 나의 겨드랑 밑에서 체온계를 뽑았다. 들여다보더니 금시에 긴장되었던 얼굴이 풀리며 기껍게(속마음에 썩 기쁘게) 나를 바라보면서 체온계를 흔들어 수은을 내린다.

"됐어요. 평온에 가까워 왔어요."

되지 않아야 할 것이 된 것은 ─ 없어야 할 목숨이 붙여진 것은 나에게는 뼈저린 비꼬움이었다. 이루지 못한 비극은 희극보다도 더 우스꽝스러운 것이다. 미치광이 같은 주제를, 광대 같은 꼴을 유례의 앞에 드러내놓기가 겸연하고 부끄러웠다. 물론 차라리 물속에 고스란히 꺼져버렸다면 얼마나 다행이었을까. 다시 살아났댔자 거사 이전의 그 감정, 그 형편의 연장 이외에 아무것도 오지는 않을 것을.

"평온에 가깝다는 것이 나를 축복하는 말이오? 그놈의 체온계를 분질러버렸으면."

"안정하세요. 흥분은 금물예요."

유례는 침착하게 목소리를 부드럽혀 나의 감정을 문지르고 가라앉히려 애쓰는 눈치였다.

"허수아비는 논 가운데나 세우지, 산송장은 무엇에 쓴단 말요."

말도 끝나기 전에 나의 비웃음의 태도를 경계하는 듯이 유례는,

"생명을 멸시함은 사랑을 성취하는 도리가 아닐 거예요. 길이 좁다면 참으면서 정성껏 걸어감에 값이 있지 않을까요."

"무슨 값이란 말요."

반문하면서도 언제인가 호텔방에서 바라본, 밤 교회당의 검은 십자가가 짜장 앞길에 놓였음을 문득 깨달았다. 무덤 앞에 세울 십자가가 죽은 후의 운명을 대신하여 생전의 앞길을 가로막은 것이다.

"반가운 소식 전해드릴까요."

무거운 침묵을 깨뜨리며 유례는 어조를 갈았다.

"놀라실까요…… 란야가 맞은편 여관에 와 있어요."

별로 놀라지 않고 천연스럽게 듣노라니 유례는 어저께 변이 일어났을 때 우연히 거리에서 란야를 만났다는 것, 같이 여관까지 달려와 누구보다도 많이 나의 시중을 들었다는 것, 얼마 안 있으면 찾아올 법하다는 것을 이야

기하였다.

말하는 그의 표정을 살필 필요도 없었으나 극히 천연스럽고 사실 반가운 듯도 한 말씨였다. 친한 동무의 소식을 말하는 그런 어조였다. 반드시 발악을 하는 것도 같지 않은 의젓한 태도였다. 그러나 그것이 물론 나에게는 슬픈 일이어서는 안 된다. 잠자코 들었다.

얼마 안 되어 정말 란야가 왔다. 세 사람의 태도는 서로 아무 속임도 없는 듯 능청맞은 것이었다.

차라리 눈앞에 유례를 보지 말게 되기를 원하였다. 안타까운 회한은 더 많이 눈으로부터 들어오는 까닭이다.

이 원을 풀어주려는 듯이 또는 꼴 보라는 듯이 일도 공교롭게 되었다.

저녁 무렵은 되어 유례는 신문을 얻어 들고 얼마간 급스럽게 들어왔다.

"한걸음 먼저 떠나야겠어요."

이유를 말하는 대신에 신문을 내밀며 한곳을 가리켰다.

떨릴 것도 없고 놀랄 것도 없다.

건수가 중병으로 말미암아 보석으로 출옥하였다는 소식이 보도되어 있다.

그것이 힘든 노력이었는지는 모르겠으나 나는 냉정한 이성을 잃지는 않았다.

"가구말구. 얼른 떠나시오."

부드러운 충고라느니보다도 침착한 선언이었다.

"꿈을 깨고 현실로 행동으로 돌아갈 때요. 꿈…… 잠깐 동안의 꿈으로 생각하고 발을 돌리면 그만이니까."

"노여워하세요?"

"권리가 있나."

"왜 웃는 낯으로 못 보내주세요."

"울 필요가 없는 것같이 웃을 필요도 없잖우."

정말 울 것이 없었던가. 나는 뜨거운 눈을 꾸욱 감았다.

"필요가 없는 것을 왜……."

유례는 나의 젖은 눈을 본 것이다. 눈물을 책망하려는 것이다.

"티가 들어도 눈물은 나고 하품을 해도 눈물은 나는 법이니까."

주책없는 눈물의 핑계는 이렇게밖에는 댈 수 없다. 거북스런 마음에 눈을 뜰 수도 없어 감은 채 느끼는 마음을 꾹 누르고 있으려니 유례의 손가락이 눈을 훔치는 모양이었다. 나는 무거운 목소리를 힘껏 자아냈다.

"가시오. 눈을 감고 있는 동안에 내 곁을 떠나시오."

목소리가 사라진 뒤까지도 여음이 마음속에 길게 울려 마치 체조교사의 호령 같은 목소리가 아니었던가 하는 쓸데없는 착각이 일어나는 것이었다.

유례가 가버린 뒤는 가을 벌레 소리가 문득 그쳤을 때와 같은 정서였다. 쓸쓸은 하나 평온하다. 아마도 마지막 작별이었겠건만 마음은 설레지 않았다. 건수에게 안부의 말이라도 한마디 전하였더면 하는 여유조차 생겼다.

유례를 대신하는 듯이 란야는 나의 옆을 떠나지 않았다. 하녀들과 함께 나의 시중을 들기에 정성을 다하였다. 나에게 보이지 않는 곳에서 유례와의 사이에 어떤 교섭과 거래가 있었는지는 모르겠으나 유례와 나와의 그동안의 여러 가지의 과정을 아는지 모르는지, 알고도 깨달았는지 천연스럽고 의젓한 태도였다. 마치 온종일 집을 잊어버리고 밖에서 놀던 아이가 시침을 떼고 천연스럽게 집을 찾아 들어온 때와도 같다.

"역시 사람을 잘못 봤어요. 속았어요…… 함손은 천생의 부량자예요. 주제넘게 그를 기르려고 한 것이 불찰이었지요. 가난뱅이 주제에 무서운 돈 후안인 것을."

함손에게는 다시 새 짝이 생겼다는 것, 정양차로 피서지까지 동행하였다가 그대로 갈라졌다는 것을 이야기하였다. 나에게는 아무 필요 없는 소식이었으나 그것을 실토하려는 란야의 속뜻은 짐작된다. 구태여,

"어떻게 하란 말요."

하고 물을 필요도 없기는 하였다.

"뻔질뻔질하다고 책하시겠죠."

날렵하던 그 기개는 간곳없고 거북스럽고 겸연쩍은 란야의 태도였다.

다시 나에게로 돌아오자는 것이다.

물론 나에게는 그 뜻이 이제 와서는 아무 감격도 정서도 가져오지는 못하였다. 란야는 벌써 나에게는 향기를 잃은 고깃덩이요, 김빠진 한 잔의 술이었다. 등 뒤에 질질 끌릴 무거운 짐을 느낄 뿐이었다.

"생활의 요구에는 얼마든지 응할 수 있으나 쓸모없는 열정은 천당으로나 날려보냄이 어떻소."

말이 가혹하였을까.

"저를 죽이자는 셈이죠."

란야는 짧게 외치고 나의 가슴 위에 푹 꼬꾸라졌다. 두 어깨가 움쭐움쭐 파도치기 시작하였다.

그러나 나는 가슴 위에 사람을 느끼는 대신에 물건을 느꼈다. 숨이 가빠 쳐들려고 하니 맥이 없다.

"됩데 사람을 죽이자는 셈인가."

뼈저린 비꼬움임에도 시침을 떼고 어여쁜 흰 말은 얼굴을 들려고도 하지 않았다. 몸을 얼싸안은 두 팔은 말다리같이 탄력이 있다.

　온천의 밤은 의미 없이 저물어 갔다—마치 이 이야기와도 같이 고요하게.

성화

이야기 따라잡기

 휴가철이 되자 '나'는 운영하는 바를 닫고 쌍안경으로 무료히 거리를 보다가 우연히 유례를 발견하고 놀란다. 유례는 옥중에서 보석으로 나와 매우 피로에 지친 상태다. 유례는 건수와 결혼한 유부녀지만 '나'에게 정신적 애인에 해당한다. 유례는 나에게 근대의 이지, 행동, 용기, 지식을 의미하는 중요 인물이다. 한편 현재 '나'에게는 다른 애인 란야가 있는데 그녀는 육체와 감각만을 만족시킬 뿐이다. 또 현재 그녀는 다른 남자 함손과 여름휴가를 떠난 상태다.

 내가 심심할 때마다 보는 성화에는 현실보다 더 높은 세상을 향해 가르침을 주고 있는 예수가 그려져 있다. '나'는 그 성화의 의미를 고스란히 드러내는 인물이 유례라고 믿는다. '나'는 반년간 옥중에서 쌓인 유례의 피로를 풀어주려고 함께 호텔에서 식사를 한 후 호텔방에 투숙한다. 그러나 유례는 남편에 대해 죄의식이 들어 말없이 사라졌다가 다음날에야 다시 숙소에 나타난다. 두 사람은 다시 백화점에서 쇼핑을 하고 여행을 떠나기로 한다.

그때 마침 함손이라는 자와 휴가를 떠났던 란야가 돌아온다. '나'는 유례에게 온 정신을 쏟고 있는 상태라서 란야가 반갑지 않다. 오히려 함손이 아프다는 말에 란야에게 요양비를 주어 떠나보낸다.

유례와 동해안으로 떠난 여행은 무척 즐겁지만, 문득문득 '나'에게는 정체 모를 불길한 느낌이 자리잡는다. 그건 유례를 향한 육체적 욕망과 건수에 대한 죄의식이 뒤섞인 것이었다. '나'는 예전에 유례와 첫 인연이 되었던 사건을 회상한다. 유례는 여학교 파업을 주동하다 쫓기는 몸이 되었고 나의 숙소에 피해 들어와 하룻밤을 보낸 일이 있었던 것이다. 유례를 정신적 우상으로 여겨왔던 자신이 변하여 결국 육체적 열망에 휩싸여 유례를 안고 만다. 하지만 유례는 남편이 있는 처지라서 '나'를 거부한다. 당혹감에 빠진 '나'가 할 일은 자살뿐이라고 생각하고, 바닷가 난간에서 자살을 시도하나 미수에 그친다.

정신이 든 '나'는 우연히 란야가 근처에 있다가 간호를 해주었다는 이야기를 듣는다. 란야는 함손에게 배신을 당하고 혼자가 되어 있었다. 유례는 건수가 병에 걸려 보석으로 출옥했다는 소식을 접하고 '나'를 떠난다. 나는 허무함에 빠진다.

성화

쉽게 읽고 이해하기

렌즈를 사이에 두고 갈라지는 두 세상

렌즈는 근대 과학의 발명품이다. 렌즈는 맨눈으로 보는 세상과 다른 세상을 보여준다. 렌즈는 실물의 크기를 바꿀 수 있으며 필터를 끼우면 세상의 색깔도 바꿀 수 있고, 클로즈업 기능을 사용하면 인간이 맨눈으로 볼 수 없는 것까지 보여준다. 진정한 사실이 아니라 '변형된 사실'을 보여준다는 부정적 인식이 생긴 것도 이처럼 렌즈가 현실을 변형하기 때문이다. 이렇게 렌즈의 발명은 현대를 일부분 바꾸어 놓았다.

문학에서 렌즈는 어떤 의미를 지닐까. 보통 카메라의 눈(렌즈)은 작가나 등장인물의 주관적 눈을 감춘다. 냉정하고 객관적 시선을 보여주려 할 때, 그리고 느끼거나 생각하지 않고 렌즈 앞의 세상을 있는 그대로 독자들에게 전달하려 할 때 사용되기 때문이다. 이 경우 작가나 작중 인물의 생각은 은폐되므로 독자 혼자 느끼고 판단하게 된다.

이 소설에서 렌즈의 의미는 무엇일까. 주인공은 쌍안경 렌즈로 거리를 내다보는 데 열중하면서 무료한 생활을 달랜다. 주인공에게 "두 개의 렌즈를 통하여 들어오는 갈매빛 거리는 앙상한 생활의 바다가 아니요, 아름다운 꿈의 세상이었다." 렌즈 속 세상에 빠져 있는 동안만큼은 귀찮은 현실도 멀리 달아나기 때문이다. 그러던 어느 날 나사를 풀었다 감았다 하며 초점을 맞추는데 과거에 정신적으로 사랑했던 여인 유례가 렌즈 안으로 걸어들어온다.

여기에서 쌍안경 렌즈를 사이에 두고 세상은 둘로 갈라진다. 첫 번째 세상은 앙상한 생활의 바다이며, 두 번째 세상은 아름다운 꿈속에 있다. 번거롭거나 불완전한 현실에는 나와 란야가 살고, 아름답고 완전한 꿈의 세상속에는 유례가 산다. 이 소설에서 주인공이 유례를 향한 육체적 욕망에 갈등하지만 유례는 렌즈 저쪽의 세상에 있는 정신적 대상이므로, 그 사랑은처음부터 이루어지지 않고 꿈에서 깨어날 수밖에 없다.

성화의 의미

이 작품은 1935년 10월에 『조선일보』에 연재되었고, 1939년에는 삼문사에서 출판한 단편집 『성화』에 수록되었다. 소설의 제목은 종교를 소재로한 그림인 "성화(聖畵)"이다. 주인공이 벽에 걸어놓은 성화는 화가 호프만이그린 것인데, 그림의 내용은 그리스도의 가르침과 그 가르침을 이해 못하고 가버린 청년의 모습이다. 그리스도가 속한 더 높은 세상은 그와 반대인현실과 대비되어 있다고 주인공은 그림을 해석한다.

유례는 사상운동으로 투옥되었다가 출옥하였고 남편 건수는 아직 감옥에 있다. 나는 유례를 정신적 우상으로 여겨왔던 터라 출옥한 유례의 피로를 풀어주고자 배려하고 여행을 계획한다. 하지만 유례에 대한 정신적 사랑이 육체적 욕망으로 변하는 자신을 발견한다. 주인공에게 유례는 이성과 정신을 상징하는 여자이고, 란야는 육체적 욕망에 휩싸인 현실의 여자라는 생각이 확고했었는데, 바뀌어버린 상황에 주인공은 심한 갈등을 한다.

이룰 수 없는 사랑의 과정은 마치 그리스도가 겪은 십자가의 길과 같고, 자신이 구원을 받으려면 그리스도처럼 죽는 길밖에 남지 않았다고 생각한다. 이처럼 성화는 주인공의 갈등을 따라다니며 주인공의 내면을 형성해간다.

「산(山)」(『삼천리』, 1936.1)은

마을과 산이라는

대립적 공간을 바탕으로 하고 있으며

주인공의 눈에

비친 자연의 모습을 잔잔하게 묘사해나가는

아름다운 작품이다.

산(山)

무슨 까닭으로 산이 이렇게도 그리울까.

등장인물

중실 마을의 현실생활에 염증을 느끼고 깊은 산으로 들어온 인물로 자연과 한
몸이 되는 편안함을 느낀다. 과거에 마을에서 7년간 머슴살이를 했지만 주
인의 첩을 건드렸다는 누명을 쓰고 돈 한푼 없이 쫓겨난 처지다.

산(山)

산속에 들어온 중실은 자연과 하나가 됨을 느끼다

1

나무하던 손을 쉬고 중실은 발 밑의 깨금나무(개암나무의 전라도 방언) 포기를 들췄다. 지천(至賤, 매우 흔함)으로 떨어지는 깨금알이 손 안에 오르르 들었다. 익을 대로 익은 제철의 열매가 어금니 사이에서 오도독 두 쪽으로 갈라졌다.

돌을 집어던지면 깨금알같이 오도독 깨어질 듯한 맑은 하늘, 물고기 등같이 푸르다. 높게 뜬 조각구름 떼가 해변에 뿌려진 조개껍질같이 유난스럽게도 한편에 옹졸봉졸 몰려들 있다. 높은 산등이라 하늘이 가까우련만 마을에서 볼 때와 일반으로 멀다. 구만 리일까 십만 리일까. 골짜기에서의 생각으로는 산기슭에만 오르면 만져질 듯하던 것이 산허리에 나서면 단번에 구만 리를 내빼는 가을 하늘.

산속의 아침나절은 졸고 있는 짐승같이 막막은 하나 숨결이 은근하다. 휘엿한 산등은 누워 있는 황소의 등어리(등허리)요, 바람결도 없는데, 쉴 새

없이 파르르 나부끼는 사시나무 잎새는 산의 숨소리다. 첫눈에 띄는 하아
얗게 분장한 자작나무는 산속의 일색. 아무리 단장한 대야 사람의 살결이
그렇게 흴 수 있을까. 수북 들어선 나무는 마을의 인총(人總, 인구의 총수)보다
도 많고 사람의 성보다도 종자가 흔하다. 고요하게 무럭무럭 걱정 없이 잘
들 자란다. 산오리나무, 물오리나무, 가락나무, 참나무, 졸참나무, 박달나
무, 사스레나무, 떡갈나무, 무치나무, 물가리나무, 싸리나무, 고로쇠나무.
골짜기에는 신나무, 아그배나무, 갈매나무, 개옻나무, 엄나무. 산등에 간간
이 섞여 어느 때나 푸르고 향기로운 소나무, 잣나무, 전나무, 노간주나무—
걱정 없이 무럭무럭 잘들 자라는—산속은 고요하나 웅성한 아름다운 세상
이다. 과실같이 싱싱한 기운과 향기, 나무 향기, 흙 냄새, 하늘 향기, 마을
에서는 찾아볼 수 없는 향기다.

　낙엽 속에 파묻혀 앉아 깨금을 알뜰히 바수는(부수는) 중실은, 이제 새삼스
럽게 그 향기를 생각하고 나무를 살피고 하늘을 바라보는 것이 아니었다.
그런 것은 한데 합쳐 몸에 함빡 젖어들어 전신을 가지고 모르는 결에 그것
을 느낄 뿐이다. 산과 몸이 빈틈없이 한데 얼린 것이다. 눈에는 어느 결엔지
푸른 하늘이 물들었고 피부에는 산 냄새가 배었다. 바심(나무를 깎거나 다듬는
일)할 때의 짚북더기(짚북데기의 잘못된 말. 짚북데기는 얼크러진 짚이나 풀의 뭉텅이)
보다도 부드러운 나뭇잎—여러 자 깊이로 쌓이고 쌓인 깨금잎, 가락잎, 떡
갈잎의 부드러운 보료—속에 몸을 파묻고 있으면 몸뚱어리가 마치 땅에서
솟아난 한 포기의 나무와도 같은 느낌이다. 소나무, 참나무, 총중(叢中, 여럿
가운데 하나)의 한 대의 나무다. 두 발은 뿌리요 두 팔은 가지다. 살을 베면 피
대신에 나뭇진이 흐를 듯하다. 잠자코 섰는(서 있는) 나무들의 주고받은 은근
한 말을, 나뭇가지의 고개짓하는 뜻을, 나뭇잎의 소곤거리는 속심을 총중의

한 포기로서 넉넉히 짐작할 수 있다. 해가 뜰 때에 즐겨하고, 바람 불 때에 농탕(난잡하게 마구 놀아대는 행동)치고, 날 흐릴 때 얼굴을 찡그리는 나무들의 풍속과 비밀을 역력히 번역해낼 수 있다. 몸은 한 포기의 나무다. 별안간 부드득 솟아오르는 힘을 느끼고 중실은 벌떡 뛰어 일어났다. 쭉 펴는 네 활개에 힘이 뻗쳐 금시에 그대로 하늘에라도 오를 듯 싶었다. 넘치는 힘을 보낼 곳 없어 할 수 없이 입을 크게 벌리고 하늘이 울려라 고함을 쳤다. 땅에서 솟는 산 정기의 힘찬 단순한 목소리다. 산이 대답하고 나뭇가지가 고갯짓한다. 또 하나 그 소리에 대답한 것은 맞은편 산허리에서 불시에 푸드득 날아 뜨는 한 자웅의 꿩이었다. 살찐 까투리의 꽁지를 물고 나는 장끼의 오색 날개가 맑은 하늘에 찬란하게 빛났다.

　살찐 꿩을 보고 중실은 문득 배가 허출함(허기가 쳐서 출출함)을 깨달았다. 아래편 골짜기 개울 옆에 간직하여 둔 노루 고기와 가랑잎 새에 싸둔 개꿀(벌통에서 떠낸, 벌집에 들어 있는 상태의 꿀)이 있음을 생각하고 다시 낫을 집어들었다. 첫 참(일을 하다가 쉬는 짬) 때까지에는 한 점은 채워놓아야 파장되기 전에 읍내에 다다르겠고, 팔아가지고는 어둡기 전에 다시 산으로 돌아와야 할 것이다. 한참 쉰 뒤라 팔에는 기운이 남았다. 버스럭거리는 나뭇잎 소리가 품안에 요란하고 맑은 기운이 몸을 한바탕 몍 감긴 것 같다. 산은 마을보다 몇 곱절 살기가 좋은가. 산에 들어오기를 잘했다고 중실은 생각하였다.

중실은 마을에서 실속없이 머슴 살던 일을 회상한다

　2

　세상에 머슴살이같이 잇속(이익이 있는 실속) 적은 생업(生業, 생활비를 벌기 위한 직업)은 없다.

싸울래 싸운 것이 아니라 김영감 편에서 투정을 건 셈이다. 지금 와보면 처음부터 쫓아낼 의사였던 것이 확실하다. 중실은 머슴 산 지 칠 년에 아무 것도 쥔 것 없이 맨주먹으로 살던 집을 쫓겨났다. 원통은 하였으나 애통하지는 않았다.

해마다 사경(私耕, 새경, 머슴이 일한 대가로 받는 돈)을 또박또박 받아본 일 없다. 옷 한 벌 버젓하게 얻어 입은 적 없다. 명절에는 놀이할 돈도 푼푼이 없이 늘 개 보름 쇠듯 하였다. 장가들이고 집 사고 살림을 내준다는 것도 헛소리였다. 첩을 건드렸다는 생뚱 같은(엉뚱한) 다짐이었으나, 그것은 처음부터 계책(計策, 계교와 방책. 꾀)한 억지요 졸색(아주 못생긴 용모나 그런 용모를 지닌 여성)의 둥글개(늙은이가 데리고 사는 젊은 첩을 비유한 말) 따위에는 손댈 염도 없었던 것이다. 빨래하러 갔던 첩과 동구 밖에서 마주쳐 나뭇짐을 지고 앞서고 뒷서서 돌아왔다고 의심받을 법은 없다. 첩과 수상한 놈팡이는 도리어 다른 곳에 있는 것을, 애매한 중실에게 엉뚱한 분풀이가 돌아온 셈이었다. 가살스런(간사하고 얄미운) 첩의 행실을 휘어잡지 못하고 늘그막판에 속태우는 영감의 신세가 하기는 가엾기는 하다. 더욱 엉클어질 앞일을 생각하고 중실은 차라리 하직하고 나온 것이었다. 넓은 하늘 밑에서도 갈 곳이 없다. 제일 친한 곳이 늘 나무 하러 가던 산이었다. 짚북더기보다도 부드러운 두툼한 나뭇잎의 맛이 생각났다. 그 넓은 세상은 사람을 배반할 것 같지는 않았다. 빈 지게만을 걸머지고 산으로 들어갔다. 그 속에서 얼마 동안이나 견딜 수 있을까가 한 시험도 되었다.

박중골에서도 오 리나 들어간, 마을과 사람과는 인연이 먼 산협(山峽, 산속의 골짜기)이다. 산등이 펑퍼짐하고 양지쪽에 해가 잘 쬐고, 골짜기에 개울이 흐르고, 개울가에 나무열매가 지천으로 열려 있는 곳이다. 양지 쪽에서는 나무하러 왔다 낮잠을 잔 적도 여러 번이었다. 개울가에 불을 피우고 밭에서 뜯어온 옥수수 이삭을 구웠다. 수풀 속에서 찾은 으름(으름덩굴과의 낙엽덩굴식물)과 나뭇가지에 익어 시든 아그배(아그배나무에서 열리는 구슬크기의 작은 배)와 산사(산사나무의 열매)로 배가 불렀다. 나뭇잎을 모아 그 속에 푹 파고든 잠자리도 그다지 춥지는 않았다.

이튿날 산을 헤매다가 공교롭게도 주영나뭇가지에 야트막하게 달린 벌집을 찾아냈다. 담배 연기를 피워 벌떼를 이지러뜨리고(한 귀퉁이를 떨어뜨리고) 감쪽같이 집을 들어냈다. 속에는 맑은 꿀이 차 있었다. 사람은 살기 마련인 듯싶다. 꿀은 조금으로도 요기가 되었다. 개와 함께 여러 날 양식이 되었다.

꿀이 다 떨어지지도 않은 그저께 밤에는 맞은편 심산에 산불이 보였다. 백일홍같이 새빨간 불꽃이 어둠 속에 가깝게 솟아올랐다. 낮부터 타기 시작한 것이 밤에 들어가서 겨우 알려진 것이다. 누에에게 먹히는 뽕잎같이 아물아물 헤어지는 것 같으나, 기실은(실제는) 한 자리에서 아롱아롱 타는 것이었다. 아귀의 혀끝같이 널름거리는 불꽃이 세상에도 아름다웠다. 울밑의 꽃보다도, 비단결보다도, 무지개보다도 맨드라미보다도 곱고 장하다. 중실은 알 수 없이 신이 나서 몽둥이를 들고 산등을 따라 오르고 골짜기를 건너 불 붙는 곳으로 끌려 들어갔다. 가깝게 보이던 것과는 딴판으로 꽤 멀었다. 불은 산등에서 산등으로 둘러붙어 골짜기로 타 내려갔다. 화기가 확확 튀어 가까이 갈 수 없었다. 후끈후끈 무더웠다. 나무뿌리가 탁탁 튀며 땅이 쩽쩽 울렸다. 민출한 자작나무는 가지가지에 불이 피어올라 한 포기의 산호수 같은 불나무로 변하였다. 헛되이 타는 모두가 아까웠다. 중실은 어쩌는 수 없이 몸뚱이를 쓸데없이 휘두르며 불 테두리를 빙빙 돌 뿐이었다. 불은 힘에 부치는 것이었다. 확실히 간 보람은 있었다. 그을린 노루 한 마리를 얻은 것이었다. 불 테두리를 뚫고 나오지 못한 노루는 산골짜기에서 뱅뱅 돌아 결국 불벼락을 맞은 것이다. 물론 그것을 얻을 때는 불도 거의 다 탄 새벽이었으나, 외로운 짐승이 몹시 가엾었다. 그러나 이미 죽은 후의 고기라 중실은 그것을 짊어지고 산으로 돌아갔다. 사람을 살리자는 신의 뜻이라고 비위좋게 생각하면 그만이었다. 여러 날 동안의 흐뭇한 양식이 되었다. 다만 한 가지 그리운 것이 있었다. 짠맛―소금이었다. 사람은 그립지 않으나 소금이 그리웠다. 그것을 얻자는 생각으로만 마음이 그리웠다.

나무를 팔아 필요한 물건을 사려고 장에 내려가다

3

힘자라는 데까지 지었다.

이십 리 길을 부지런히 걸으려니 잔등에 땀이 내배었다. 걸음을 따라 나뭇짐이 휘청휘청 앞으로 휘었다.

간신히 파장(장이 파함) 전에 대었다.

나무를 판 때의 마음이 이날같이 즐거운 적은 없었다.

물건을 산 때의 마음도 이날같이 즐거운 적은 없었다.

그것은 짜장 필요한 물건이기 때문이다.

나무 판 돈으로 중실은 감자 말과 좁쌀 되와 소금과 남비(냄비)를 샀다.

산속의 호젓한 살림에는 이것으로써 족하리라고 생각되었다.

목숨을 이어 가는 데 해어(바닷물고기)쯤이 없으면 어떨까도 생각되었다.

올 때보다 짐이 단출하여 지게가 가벼웠다.

술집 골방에서 와자지껄하고 싸우는 것도 전과 다름없다.

이상스러운 것은 그런 거리의 살림살이가 도무지 마음을 당기지 않는 것이다. 앙상한 사람들의 얼굴이 그다지 그리운 것이 아니었다.

무슨 까닭으로 산이 이렇게도 그리울까. 편벽(偏僻, 마음이 한쪽으로 치우침)된 마음을 의심도 하여 보았다. 그러나 별로 이치도 없었다. 덮어놓고 양지쪽이 좋고, 자작나무가 눈에 들고, 떡갈잎이 마음을 끄는 것이다. 평생 산에서 살도록 태어났는지도 모른다.

김영감의 그 후의 소식은 물어 낼 필요도 없었으나, 거리에서 만난 박서방 입에서 우연히 한 구절 얻어듣게 되었다.

병든 등글개 첩은 기어코 김영감의 눈을 감춰 최서기와 줄행랑을 놓았다. 종적을 수색 중이나 아직도 오리무중(五里霧中, 깊은 안개 속에 들어서게 되면 동서남북도 가리지 못하고 길을 찾기 어려운 것처럼 무슨 일에 대하여 알 길이 없음을 일컫는 말)이라 한다.

사랑방에서 고시렁고시렁 잠을 못 이룰 육십 노인의 꼴이 측은하게 눈에 떠올랐다. 애매한 머슴을 내쫓았음을 뉘우치리라고 생각되었다. 그러나 중실에게는 물론 다시 살러 들어갈 뜻도, 노인을 위로하고 싶은 친절도 가지기 싫었다.

다만 거리의 살림이라는 것이 더한층 어수선하게 여겨질 뿐이었다.

산으로 향하는 저녁길이 한결 개운하다.

용녀와 함께 산에서 생활하기를 꿈꾸다

4

개울가에 남비를 걸고 서투른 솜씨로 지은 저녁을 마쳤을 때에는 밤이 적이(다소, 조금) 어두웠다.

깊은 하늘에 별이 총총 돋고 초생달이 나뭇가지를 올가미 지웠다.

새들도 깃들이고 바람도 자고 개울물만이 쫄쫄쫄쫄 숨쉰다. 검은 산등은 잠든 황소다.

등걸불이 탁탁 튄다. 나뭇잎 타는 냄새가 몸을 휩싸며 구수하다. 불을 쬐며 담배를 피우니 몸이 훈훈하다. 더 바랄 것 없이 마음이 만족스럽다.

한 가지 욕심이 솟아올랐다.

밥짓는 일이란 머슴애 할 일이 못 된다. 사내자식은 역시 밭 갈고 나무하는 것이 옳은 것이다. 장가를 들려면 이웃집 용녀만 한 색시는 없다. 용녀를 데려다 밥일을 맡길 수밖에는 없다고 생각하였다.

용녀를 생각만 하여도 즐겁다. 궁리가 차례차례로 솔솔 풀렸다.

굵은 나무를 베어다 껍질째 토막을 내 양지쪽에 쌓아 올려 단간의 조촐한 오두막을 짓겠다. 펑퍼짐한 산허리를 일궈 밭을 만들고 봄부터 감자와 귀리를 갈 작정이다. 오랍 뜰(강원도 사투리, 마당 앞이나 집 주변)에 우리를 세우고 염소와 돼지와 닭을 칠 터. 산에서 노루를 산 채로 붙들면 우리 속에 같이 기르고 용녀가 집일을 하는 동안에 밭을 가꾸고 나무를 할 것이며, 아이를 낳으면 소같이 산같이 튼튼하게 자라렸다. 용녀가 만약 말을 안 들으면 밤중에 내려가 가만히 업어올걸.

한번 산에만 들어오면 별수 없지.

불이 거의거의 아스러지고 물소리가 더한층 맑다.

별들이 어지럽게 깜박거린다.

달이 다른 나뭇가지에 걸렸다.

나머지 등걸불(나무등걸을 태우는 불. 등걸은 나무의 줄기를 잘라낸 밑동을 말한다.)을 발로 비벼 끄니 골짜기는 더한층 막막하다.

어느맘 때인지 산속에서는 때도 분별할 수 없다.

자기가 이른지 늦은지도 모르면서 나무 밑 잠자리로 향하였다.

낟가리같이 두두룩하게 쌓인 낙엽 속에 몸을 송두리째 파묻고 얼굴만을 빠끔히 내놓았다.

몸이 차차 푸근하여 온다.

하늘의 별이 와르르 얼굴 위에 쏟아질 듯싶게 가까웠다 멀어졌다한다.

별 하나 나 하나, 별 둘 나 둘, 별 셋 나 셋—

세는 동안에 중실은 제 몸이 스스로 별이 됨을 느꼈다.

이야기 따라잡기

산생활을 시작한 중실은 나무를 하다가 하늘과 나무를 바라본다. 자신의 몸이 자연에 젖어들면서 산과 하나가 되는 충만감을 느낀다. 중실은 마을 생활을 버리고 산에 들어오길 잘했다고 생각한다. 중실은 마을에서 머슴살이를 하던 사람인데 7년간 부지런히 일했으나 주인인 김영감이 자기 첩을 건드렸다고 누명을 씌우는 바람에 한푼도 받지 못하고 쫓겨난 처지다. 갈 곳 없는 중실은 자연이라는 넓은 세상은 사람을 배반할 것 같지 않아 산으로 들어온 것이다.

중실은 산에서 잠자리를 정하고 열매로 배를 불린다. 다음날은 벌집을 발견해 꿀도 모으고, 산불이 났을 때는 우연히 불에 그을린 노루 한 마리를 얻어 식량도 확보한다. 다만 한 가지, 소금을 구하기 위해 마을로 잠시 내려간다.

산에서 가지고 내려간 나무를 팔아 필요한 물건을 구한 중실은 박서방한 테서 김영감의 첩이 애인과 도망을 쳤다는 소식을 듣는다. 중실은 마을의 생활이 어수선하게 여겨지자 자기가 산으로 들어간 선택이 현명했다고 확신한다. 그러나 산에 들어와 밥을 짓던 중실은 마을 이웃집 용녀가 밥을 짓고 자기는 나무를 하면 얼마나 행복할까 하는 상상에 빠진다. 용녀가 말을 안 들으면 업어와서라도 오두막을 짓고 밭을 갈고 아이를 낳고 싶다고 생각한다. 중실은 잠자리에 들어 하늘을 바라본다. 별을 하나씩 세는 동안 중실은 자기 몸이 별이 됨을 느낀다.

쉽게 읽고 이해하기

마을과 산의 대립적 공간 구성

이 소설에서 산 공간과 마을 공간은 대립되어 있다. 주인공 중실은 마을의 삶을 접고 산으로 들어간 인물이다. 머슴살이를 열심히 했지만 임금도 받지 못하고 주인의 여자를 탐했다는 누명을 쓰고 쫓겨난 것이다. 중실에게 마을은 배반의 공간이며, "거리의 살림이라는 것이 더한층 어수선하게 여겨질 뿐이었다". 중실은 산에 대해 "그 넓은 세상은 사람을 배반할 것 같지는 않았다"고 생각한다.

이효석은 평론 「건강한 생명력의 추구」에서 「산」, 「들」, 「돈」의 작품세계에 대해 "인위적인 것을 떠나 야생의 건강미를 영탄한 것"이라고 하였다. '인위'는 이 소설에서 인간의 배반과 갈등 공간인 '마을'로, '야생'은 자연과 한 몸이 되는 행복한 공간인 '산'으로 대립하여 구성되어 있는 것이다. 이 작품은 1936년 1월 『삼천리』에 발표되었으며, 그 무렵의 작품세계를 온전히 보여준 것으로 평가된다.

중실의 시선을 따라 자연과 한 몸 되기

중실이 현재 산속에서 지내는 시간은 매우 느리게 진행된다. 반면 중실이 마을에서 머슴 살던 과거 7년의 이야기는 빠르게 압축 설명되어 있다. 중실이 소금을 구하러 마을 장에 내려갔다 돌아오는 이야기도 들어 있지만, 행동이나 움직임보다는 중실의 생각이 정적으로 표현되어 있다. 김영감이나 용녀 같은 인물들도 실제로 등장하지 않고 중실의 생각 속에만 존재한다.

이 작품은 처음부터 중실의 눈에 비친 자연의 모습을 하나씩 차례대로 묘사해나가는 데에 무게가 있다. 따라서 이 작품을 읽는 묘미는 중실의 눈에 담긴 자연 풍경을 따라가면서 같이 즐기는 데 있다. 중실이 나무를 하다 쉬며 입속에 넣은 깨금나무 맛을 느껴보고, 맑은 하늘 아래 졸고 있는 산속 아침나절의 은근한 숨결에도 젖어보는 경험, 중실처럼 몸이 마치 한 포기 나무가 된 듯 산과 일체감을 가지고 날아오르는 꿩의 날갯짓을 바라보는 경험, 달이 나뭇가지에 걸렸을 때 잠자리에 들어 자기 몸이 별이 됨을 느낄 때까지 별을 세어보는 경험 등, 중실의 눈을 따라 중실과 한 몸이 되어 자연과 일체감을 느낄 때 비로소 독자도 산속생활을 체험한 듯한 동일시를 맛보며 소설의 끝에 이르는 것이다.

꿈을 품고 시작하라.
새로운 일을 시작하는 용기 속에
당신의 천재성과 능력과 기적이 모두 숨어 있다.
— 요한 볼프강 폰 괴테(독일의 문인, 1749~1832)

「분녀」(『중앙』, 1936.1~2)는

성에 대해 아무것도 모르던

'분녀'라는 처녀가 성의 비밀과 욕망을

하나씩 발견해나가는 이야기로,

성에 대한 욕망을 작품의 주제로 삼고 있다.

분녀

생각과 겁과 부끄럼에 분녀는 정신이 섞갈린다.

등장인물

분녀 자의, 타의로 성에 눈을 뜨는 인물. 명준의 겁탈을 시작으로 마을 사람들에
      게 차례로 몸을 빼앗기는데, 처음에는 부끄러움과 두려움을 느꼈으나 차차
      성의 욕망에 자발적으로 다가가면서 타락의 길을 걷는다.

명준 분녀의 순결을 빼앗고는 만주로 돈 벌러갔다가 소설 마지막에 빈털터리로
      돌아오는 인물.

상구 분녀를 좋아하는 학생으로 당시 금지된 서적을 읽다 잡혀 들어간다. 풀려
      난 뒤 분녀와 하룻밤을 보내나 그녀가 이미 타락한 여자임을 알고 떠난다.

만갑 가게를 운영하는 유부남으로 마을의 바람둥이. 분녀를 겁탈한 후 돈과 달
      콤한 말로 무마하려 하는 인물.

분녀

분녀는 자다가 누군가에게 몸을 빼앗기고 혼란에 빠진다

1

우리도 없는 농장에 아닌 때 웬일인가들 의아하게 여기고 있는 동안에 집채 같은 돼지는 헛간 앞을 지나 묘포(苗圃, 묘목을 기르는 밭) 밭으로 달아온다. 산돼지 같기도 하고 마바리(짐을 실은 말, 또는 말에 실은 짐) 같기도 하여 보통 돼지는 아닌데다가 뒤미처 난데없는 호개 한 마리가 거위영장('몸이 여위고 목이 길며 키가 큰 사람'을 농으로 이르는 말)같이 껑충대고 쫓아오니 돼지는 불심지가 올라 갈팡질팡 밭 위로 우겨 든다. 풀 뽑던 동무들은 간담이 써늘하여 꽁무니가 빠져라 산지사방으로 달아난다. 허구 많은 지향(목적을 두는 장소나 방향) 다 두고 돼지는 굳이 이쪽을 겨누고 욱박아 오는 것이다. 분녀는 기급(기겁의 방언. 기겁은 갑자기 놀라거나 겁에 질려 다급히 소리를 지르는 것을 말함)을 하고 도망을 하나 아무리 애써도 발이 재게 떨어지지 않는다. 신이 빠지고 허리가 휘는데 엎친 데 덮치기로 공칙히(공교롭게) 앞에는 넓은 토벽이 막혀 꼼짝 부득이다(어찌 할 수가 없다). 옆으로 빗빼려고 하는 서슬에 돼지는 앞으로 왈칵 덮친다. 손가락 하나 놀릴 여유도 없다. 육중한 바위 밑에서 금시에 육신이 터지고 사지가 떨어지는 것 같다.

팔을 옴짝달싹 할 수 없고 고함을 치려야 입이 움직이지 않는다. 분녀는 질색하여 눈을 떴다. 허리가 뻐근하여 몸이 통세난다(병이나 상처 등으로 아프다). 문득 짜장 놀라서 엉겁결에 소리를 치나 소리는 나오지 않는다. 입 안에는 무엇인지 틀어 박히우고 수건으로 자갈을 물리워 있지 않은가. 손을 쓰려 하나 눌리웠고 다리로 허리도 머리도 전신이 무거운 돼지 밑에 있는 것이다. 몸에 칼이 돋히기 전에는 이 몸 도둑을 물리칠 수 없지 않은가. 어둠 속에서도 경풍(경련을 일으키는 병. 경기)할 변괴(이치에 어긋나는 못된 짓이나 이상한 일)에 부끄러운 생각이 났다.

어머니 앞에서도 보인 법 없는 몸뚱이를 하고 옷으로 덮으려 하나 생각뿐이다. 어머니는 하고 가까스로 고개를 돌리니 웃목에 누웠고 그 너머로 동생의 코 고는 소리가 들린다. 같은 방에 세 사람씩이나 산 넋이 있으면서도 날도둑을 들게 하다니 멀건 등신('어리석은 사람'을 얕잡아 이르는 말)들이라고 원망할 수도 없는 것은 된 낮일에 노그라져서(지쳐서, 맥이 빠지고 늘어져) 함빡 단잠에 취하여 있는 것이다. 발로 차서 어머니를 깨우고도 싶으나 발이 닿기에는 동이 떴다. 삼경(밤 11시에서 1시 사이)이 넘었을까 밤은 막막하다. 열린 문으로는 바람 한 숨 없고 방 안이나 문 밖이 일반으로 까마득하다. 먼 하늘에는 별똥 하나 안 흐른다.

"원망할 것 없다. 둘만 알고 있으면 그만야. 내가 누구든—아무에게나 다 마찬가진 걸."

더운 날숨이 이마를 덮는다. 부스럭부스럭 하더니 저고리 고름을 올개미(올가미의 방언) 지워 매어주는 눈치다.

간단하고 깜쪽같다. 도둑은 흔적 없이 '훔칠 것'을 훔치고 늠실(엉큼하고 능청스런 모양이나 행동)하고 나가 버렸다. 몸이 풀리우자 분녀는 뛰어 일어나 겨우 입 봉창을(입을 막아놓은 것을) 빼기는 하였으나 파장 후에 소리를 치기도 객적다('객쩍다'의 잘못된 말. 말이나 하는 짓이 실없고 싱겁다). 대체 웬 녀석인가. 뛰어나가 살폈으나 간 곳 없다. 목소리로 생각해보아도 알 바 없고 맺혀진 옷고름을 만져보는 건 뜻 없다. 하늘이 새까맣다. 그 새까만 하늘이 부끄럽고 디딘 땅이 부끄럽고 어두운 밤을 대하기조차 겸연스럽다. 몸이 무시근하다(성미나 행동이 느리고 흐리터분하다). 우물에서 물을 두어 드레(두레박의 옛말) 퍼올려 얼굴을 씻고 방에 들어가 등잔에 불을 켰다.

어둠 속에서 비밀을 가진 방 안은 밝을 때엔 천연스럽다. 땅 그 어느 한 구석이 무지러 떨어졌을 것 같다. 하늘의 별 한 개가 없어졌을 것 같다. 몸뚱이가 한 구석 뭉척 이지러진 것 같다. 반쪽 거울을 찾아 들고 얼굴을 비치어보았다. 코며 입이며 볼이며가 상하지 않고 제대로 있는 것이 도리어 신기하게 여겨졌다. 어차피 와야 할 것이겠지만 그것이 너무도 벼락으로 급작스리 어처구니없게 온 것이 분녀에게는 알 수 없이 겸연스러웠다. 얼굴과 몸을 어루만지며 어머니의 잠든 양을 물끄러미 바라보려니 별안간 소름이 치며 가슴이 떨린다. 무서운 생각이 선뜻 들며 어머니를 깨우고 싶다.

그러나 곤한 눈을 멀뚱하게 뜨고 상기된 눈방울로 이쪽을 바라보는 것을 보며 분녀는 딴 소리밖엔 못하였다.

"새까맣게 흐린 품이 천둥하고 비올 것 같으우."

묘포 감독 박추의 짓일까. 데설데설(성질이 털털하여 꼼꼼하지 못한 모양)하며 엄부렁한(실속 없이 부피만 크게 보이는 모습이나 행동) 품이 아무 짓인들 못할 것 같지 않다. 계집아이들 틈에 끼어 인부로 오는 명준의 짓일까. 눈질이 영매

(재주나 지혜가 뛰어남)스러운 것이 보통 아이는 아니나 워낙 집안이 억(매우 가난한 처지)인 까닭에 일껏 들어간 중등학교도 중도에서 퇴학하고 묘포 인부로 오는 것이 가엾긴 하다. 그러나 그리고 터놓고 을러맸다고 하면 응낙할 수 있었을까. 군청 사동(使童, 군청이나 회사 같은 곳에서 잔심부름을 하는 아이) 섭춘이나 아닐까. 한길에서도 소락소락(말이나 행동을 경솔하게 하는 모양) 말을 거는 쥐알 봉수. 그 초라니(하회 별신굿 탈놀이 등에 나오는, 언행이 가볍고 방정맞은 인물)라면 치가 떨려 어떻게 하나. 잠을 설궂혀버린 분녀는 고시랑고시랑(불안한 마음으로 좀스럽게 몸을 뒤척이는 모양) 생각에 밤을 샜다.

분녀는 명준의 짓이었음을 알게 되나 명준은 만주로 돈벌이를 떠난다

이튿날은 공교로히 궂은 까닭에 비를 칭탈(무엇 때문이라고 핑계를 댐)하고 일을 쉬고 다음날 비로소 묘포로 나갔다. 같은 생각이 머릿속에 뱅 돌아 사람을 만나기가 여간 겸연쩍지 않다. 사람마다 기연미연('기연가미연가'의 준말. 그런지 그렇지 않은지) 혐의를 걸어보기란 면란스런(부끄러운) 일이었다. 하늘이 제대로 개이고 땅이 이지러지지 않은 것이 차라리 시뻐스럽다(못마땅하다). 천지는 사람의 일신의 괴변쯤은 익지 않은 과실이 벌레에게 긁히운 것만큼도 대수롭게 여기지 않는 모양이다. 하긴 다행이지 몸의 변고가 일일이 하늘에 비치어진다면 기분이 순야, 옥녀, 모든 동무들에게 그것이 알려질 것이요 그들의 내정도 역시 속 뽑히울 것이다. 이런 생각이 들자 별안간 그들은 대체 성할까 하는 의심이 불현듯이 솟아오르며 천연스러운 얼굴들이 능청스럽게 엿보였다.

박추와 명준에게만은 속내를 들리운 것 같아서 고개가 바로 쳐들리지 않았다. 다시 살펴도 가잠나룻(짧고 성기게 난 구레나룻)이 듬성한 검센(성격이나 행동이 질기고 억센) 박추. 거드름 부리는 들대밑. 이 녀석한테 당하였다면 이 몸을 어쩌노. 잠자코 풀 뽑는 무죽(무거운 듯)한 명준이, 새침한 몸짓 어느 구석에 그런 부락부락한 힘이 들어 있을꼬. 사람은 외양으론 알 수 없다. 마치 그것이 명준이요 적어도 명준이었으면 하는 듯이 이렇게 생각은 하나 면상과 눈치로는 그가 근지 도무지 거니챌(짐작하여 눈치를 챌) 수 없다. 이러다가는 평생 그 사람을 모르고 지나지나 않을까. 맡은 땅의 풀을 뽑고 난 명준은 감독의 분부로 이깔(이깔나무. 소나무과의 낙엽 침엽 고목) 포기에 뿌릴 약제를 풀어 무자위(낮은 곳의 물을 보다 높은 지대의 논·밭으로 자아올리는 농기구)로 치기 시작하였다. 한 손으로 물을 뿜으며 다른 손으로 물줄기를 흔들다가 고무줄이 빗나가는 서슬에 푸른 약물이 옥녀의 낯짝을 쏘았다. 옥녀는 기겁을 하여 농인 줄만 알고

"저 녀석 얼뜨개(다부지지 못하고 어수룩한 사람)같이 해가지고 요새 무슨 곡절이 있어."

하고 쏘아붙인다. 명준은 픽 웃으며 마침 손이 비인 분녀에게 고무줄을 쥐어주고 뿌려주기를 청하였다. 두 사람이 한 무자위로 협력하게 되자 옥녀는 더 말이 없었다. 통의 것을 다 쳤을 때 다시 물을 길을 양으로 분녀는 명준의 뒤를 따라 도랑으로 내려갔다. 도랑은 풀이 가리워 밭에서 보이지 않는다. 명준은 손가락으로 물탕(물장구)을 치며 낯이 부드럽다.

"일하기 되지(힘들지) 않니?"

대번에 농쪼로(농담식으로),

"너 어떤 놈에게로 시집가련. 박추한테라도."

"미친 것, 다따가."

"시집갔니? 안 갔니?"

관잣노리(관자놀이)가 금시에 빨개진 것을 민망이 여겨 곧 뒤를 이었다.

"평생 시집 안 갈테냐?"

"망할 녀석."

"난 이 고장에서 없어지겠다. 살 재미없어. 계집애들 틈에 끼어 일하기도 낯없다. 일한대야 부모를 살릴 수 없고 잡단(잡다한. 여러가지) 세금도 못 물어 드잡이(빚을 못 갚아 솥이나 그릇 등의 살림을 거두어 가는 소동)를 당하는 판이 아니냐. 이까짓 고향 고맙잖어. 만주로 가겠다. 돌아다니며 금광이나 얻어 보련다. 엄청난 소리지. 그러나 사람의 운수를 알 수 있니?"

"정말 가겠니?"

"안 가고 무슨 수가 있니? 이까짓 쪽쟁이 땅 파야 소용 있나. 거기도 하늘 밑이니 사람이 살지 설마 짐승만 살겠니?"

물을 나르고 다시 도랑으로 내려왔을 때 명준은 다따가 분녀의 팔을 잡았다.

"금덩이를 지고 올 때까지 나를 기다려주련?"

눈앞에 찰락거리는 명준의 옷고름이 새삼스럽게 눈에 뜨이자 분녀는 번개같이 정신이 번쩍 들었다. 끝을 홀쳐(풀리지 않도록 동여서) 맨 고름이 같은 꼴의 제 옷고름과 함께 나란히 드리운 것이다.

"네 짓이었구나."

분녀는 짧게 외치고 고개를 떨어뜨렸다.

"언제까지든지 나를 기다리고 있으련?"

박추의 소리가 나자 두 사람은 날쌔게 떨어져 밭으로 갔다. 분녀는 눈앞이 아찔하며 별안간 현기증이 났다. 그뿐 명준은 다시 묘포 밭에 나타나지 않았다. 다음날도 다음다음날도. 며칠 후에 짜장 만주로 내뺐다는 소문이 들렸다. 분녀는 마음이 아득하고 산란하여 일을 쉬는 날이 많았다.

만갑에게 몸을 빼앗기지만 그 대가로 돈을 받고, 분녀는 대견함과 부끄러움에 어찌할 바를 모른다

2

분녀는 그렇게 눈떴다. 일생의 고패(마음이나 심정 따위가 격하여 세차게 굽이치는 것을 이르는 말)를 겪은 지 이태에 몸은 활짝 피어 지난 비밀의 자취도 어스레하다. 껍질에 새긴 글자가 나무가 자람을 따라 어느 결엔지 형적(사물의 뒤에 남은 흔적)이 사라진 격이다. 이제 아닌 때 별안간 불풍나게(매우 바쁘거나 급작스럽게) 두 번째 경험을 당하려고 하는 자리에 문득 옛 생각이 떠오르지 않을 수 없었다. 흐르는 향기같이 불시에 전신을 휩싼다. 피가 끓으며 세상이 무섭고 가슴이 두근거리며 손가락이 떨린다. 물동이를 깨뜨린 때와도 같이 겁이 목줄을 조인다. 대체 어떻게 차여서 또 이 지경에 이르렀나 생각하면 눈앞이 막막하다. 거리에 자주 삐죽거린 것이 잘못일까. 만갑이에게는 어찌되어 이렇게 허름하게 보였을까. 돈도 없으면서 가게에 들어가서 이것저것 탐내는 것부터 틀렸다. 집안이 들고 날 판에 든벌(집 안에서 늘 입는 옷이나 신는 신 등을 통틀어 이르는 말)의 옷도 과남한데(과분한데) 단오비음(단오빔. 단옷날에 새옷으로 갈아입고 치장하는 일 또는 그 옷)은 다 무엇인가. 돈 있는 사람들의 단오놀이지 가난한 멀떠구니의 아랑곳인가.

이곳 질숙 저곳 기웃하며 만져보고 물어보고 눈을 까고 한숨 쉬고 하는 동안에 엉뚱한 딴군에게 온전히 깐 보이고 감잡히었다. 만갑이는 가게에 사람이 비인 때를 가늠보아(상황이나 형편 등을 헤아려 보아) 미처 겨를 사이도 없게 몸째 덜렁 떠받들어 뒷방에 넣고 안으로 문을 잠근 것이다. 부락스러운(생김새가 험상궂고 행동이 거칠다) 꼴이 사내란 모두 꿈에서 본 돼지요 엉큼한 날도둑이다. 훔친 뒤에는 심드렁하다(관심이 없거나 탐탁하지 않아 한다).

"가지고 싶은 것을 말해봐— 무엇이든지 소용되는 대로 줄게."

"욕을 주어도 분수가 있지 사람을 어떻게 알고 이 수작이야."

분녀는 새삼스럽게 짜증을 내며 보기 좋게 볼을 올려붙였다. 엄청난 짓을 당하면서 심상(마음속의 생각이나 상념)한 낯을 지닐 수도 없고 그렇게라도 할 수밖엔 없었다.

"미워 그랬나?"

"몰라, 녀석."

쏘아붙이고는 팔로 눈을 받치고 다따가 울기 시작하였다. 사실 눈물도 나왔다. 첫번에는 겁결에 울기란 생각도 안 나던 것이 지금엔 눈물이 솟는 것이다. 그 무엇을 잃은 것 같다. 다시 찾을 수 없을 것 같다. 안타까운 생각에 몸이 떨린다.

"울긴 왜, 사람은 다 그런 것이야— 단오에 들 것 한 벌 갖추어줄게."

머리를 만지다 어깨를 지긋거리면서,

"삽삽하게(태도나 마음씨가 마음에 들게 부드럽고 사근사근하게란 뜻의 북한 방언)만 굴면야 이 가게라도 반 나눠줄걸."

가게에 인기척이 나는 까닭에 분녀는 문득 울음을 그쳤다. 부르다 주인의 대답이 없으니 사람은 나가 버렸다. 만갑이는 급작스럽게 말을 이었다.

"여편네가 중풍으로 마저마저 거꾸려져 가는 판이니 그렇게만 된다면야 나는 분녀를 새로 맞다아 가게를 맡길 작정인데 뜻이 어떤가?"

울면서도 분녀는 은연중 귀를 솔깃하고 있었다.

"잘 생각해볼 일이야."

듬짓이 눌러놓고 만갑이는 한걸음 먼저 방을 나갔다. 손님을 보내기가 바쁘게 방문을 빼꼼이 열고 불러냈다.

"이것 넣어둬."

소매 속에다 무엇인지를 틀어넣어 주는 것이다. 분녀는 어안이 벙벙하였다.

집에 돌아와 소매 갈피를 헤치니 지전 한 장이 떨어졌다. 항용(언제나, 항상.) 보던 것보다는 훨씬 넓고 푸르다. 과람한(과분한) 것을 앞에 놓고 분녀는 적이 마음이 누근하였다. 군청 관사에 아침 저녁으로 식모로 가서 버는 한 달 월급보다 많다. 월급이라야 단돈 사 원으로는 한 달료의 보탬도 못 된다. 화세로 얻어 부치는 몇 뙈기의 밭을 그래도 어머니와 동생이 드세게 극성으로 가꾸는 덕에 제철의 곡식이 요를 도우니 말이지, 그것도 없다면야 분녀의 월급으로는 코에 바를 나위도 없을 것이다. 왼곳에 가 있는 오빠가 좀더 온전하다면 집안이 그처럼도 군색지는 않으련만 엉망인 집안에 사람조차 망나니여서 이웃 고을 목탄조합에 가 있어 또박또박 월급생애를 하면서도 한 푼 이렇다는 법 없었다. 제 처신이나 똑바로 하였으면 걱정이나 없으련만 과당하게 건들거리다 기어코 거덜나고야 말았다. 늦게 배운 오입(부인이 아닌 다른 여성과 관계하는 일)에 수입을 탕갈(蕩竭, 재물이 모두 없어짐)하다 나중에 공금에까지 손찌검을 한 것이다. 탄로되었을 때에는 오백 소수나 감춰낸 뒤였다. 즉시 그 고을 경찰에 구금되었다가 검사국으로 넘어간 것은 물론이거니와 신분보증을 선 종가에 배상액을 빗발같이 청구하므로 종가에서는 펏질 뛰어들어 야기(불만스러워 야단하는 일)를 부리는 것이다. 집안은 망조(亡兆, 망할 징조)를 만난 듯이 스산하고 을씨년스럽다.

불의의 수입을 앞에 놓고 분녀는 엄청나고 대견하였다. 어떻게 했으면 옳을까. 집안일에 보태자니 빛없고 혼잣일에 쓰자니 끔찍하고 불안스럽다. 대체 집안사람들에게는 출처를 어떻게 말하면 좋을까. 관사에서 얻어내 왔다고 해서 곧이 들을까. 가난에 과만(과분, 분수에 넘침)은 도리어 무서운 일이다.

왈칵 겁도 났다. 술집 계집이나 하는 짓이 아닌가. 집안사람도 집안사람이려니와 명준에게 상구에게 들 낯이 있는가. 설사 만주에는 가 있다 하더라도 첫몸을 준 명준이가 아닌가. 그야말로 불시에 금덩이나 짊어지고 오면 어떻게 되노.

그러나 명준이보다도 당장 날마다 만나게 되는 상구에게 대하여서는 어떻게 한단 말인가. 확실히 그를 깔보고 오기는 했다. 그렇기 때문에 벌써 피차에 정을 두고 지낸 지 반년이 넘는데도 몸 하나 까딱 다치지 못하게 하여 왔다.

그 역 몸은 다칠 염도 하지 않았다. 그러나 그는 깔중보일(깔보일. 호락호락하거나 얕잡게 볼) 인금(사람의 값어치나 됨됨이)인가. 명준이같이 역시 눈질이 보통 재물은 아니다. 학교도 같은 학교나 명준이같이 중도에서 폐학할 처지도 아니요, 그것을 마치고는 서울 가서 웃학교를 치를 생각이라니 그렇게만 된다면야 취직도 한층 높아 고을 학교만을 졸업하고 삼종훈도(일제 강점기 때, 초등학교의 교원)로 나가거나 조합 견습생으로 뽑히는 것과는 격이 다르다. 다만 세월이 너무 장구한 것이 지리하다(지루하다). 지금 학교를 마치재도 이태 웃학교까지 필함(끝냄)은 어느 천년일까. 그때까지에는 집안은 창이 날 것이다. 몸까지 허락하면 일이 됩데(오히려, 도리어라는 뜻을 가진 방언) 틀어질 것 같아서 언약(言約, 말로 약속함)만 하여놓고 손가락 하나 까딱 못하게 한 것이다. 상구 역시 그것을 원하지 않았고 공부에 유난스럽게 힘을 들이는 모양이다. 그러는 동안에 이 꼴이 되고 말았다.

허랑한(말이나 행동에 거짓이 많고 착실하지 못한) 몸으로 상구를 어찌 대하노. 그렇다고 그를 당장에 단념할 신세도 못 되고, 진 죄를 쏟아 놓고 울고 뛸 수는 더욱 없는 것이다.

생각과 겁과 부끄럼에 분녀는 정신이 섞갈린다(갈피를 못 잡게 여러 가지가 한데 뒤섞이다).

타락한 분녀에 분해하던 상구는 수상한 책을 읽다가 잡혀가다

3

학교가 바쁜지 여러 날이나 상구를 만날 수 없다. 눈앞에 면대(面對, 상대편과 얼굴을 마주 대함. 직접 만남)하지 않으니 겁도 차차 으스러지고 도리어 마음은 허랑하게만 든다.

실상은 다음날로라도 곧 가려 하였으나 겸연쩍은 마음에 그럴 수도 없어 며칠은 번졌다. 그날 부랴부랴 그곳을 나오느라고 만갑이 가게에 물건을 잊어둔 것이다. 물건도 물건 공칙히(공교롭게 잘못되어) 손에 걸치는 옷가지인 까닭에 안 찾을 수도 없고 밤이 이슥하기를 기다려 분녀는 조심스러이 거리로 나갔다.

행길에는 사람들이 듬성듬성하다. 전과는 달라 한결 조물거리는 마음에 사방을 엿보며 가게로 들어가자 기다리고 있던 듯이 만갑이는 성큼 뛰어나온다.

"올 사람도 없을 듯하군."

밀창을 드르렁드르렁 밀고 휘장을 치고 가게를 닫는 것이다.

"곧 갈 텐데."

"눈어림(눈대중. 크기나 수량 등을 눈으로 대강 어림잡아 헤아리는 일)만 했더니 맞을까."

골방문을 냉큼 열더니 만갑이는 상자를 집어낸다. 덮개를 여니 뾰족한 구두. 새까만 광채에 분녀는 눈이 어립다(어른어른하다).

팔을 나꾸어(낚아채어, 고기를 낚듯 잡아채어) 쪽마루로 이끈다.

반갑기보다도 무섭다.

'그까짓 구두쯤.'

불 하나를 끄니 가게 안은 어둑스레하다.

만갑이는 마루에 걸터앉자 강잉히(그대로) 팔을 잡아 끈다. 뿌리치고 빼다가 전봇대 모서리에서 붙들렸다.

"손가락 겨냥 좀 해볼까."

우격으로(억지로 무리하게) 끌리운다.

마루에 이르기 전에 만갑이는 날쌔게 남은 등불을 마저 죽여버렸다.

어두운 속에서 분녀는 씨름꾼같이 왈칵 쓰러졌다. 더운 날숨이 목덜미를 엄습한다. 굵은 바로 얽어매인(붙들려서 매인) 것같이 몸이 가쁘다.

'미친것.'

즐겨서 들어온 것은 아니나 굳이 거역할 것이 없는 것은 몸이 떨리기는 하나 거듭하는 동안에 마음이 한결 유하여진 것이다. 무엇보다도 어둠에는 눈이 없는 까닭에 부끄러운 생각이 덜하다.

별안간 밀창을 흔드는 인기척에 달팽이같이 몸이 움츠러들었다. 시침을 떼려던 만갑이는 요란한 소리에 잠자코 있을 수 없어 소리를 친다.

"천수냐."

146
• • •
이효석

하는 수 없이 문을 여니 천수가,

"야단났어요."

어느 결엔지 들어와서,

"병환이 더해서 댁에서 곧 들어오시라구요."

"더하다니."

"풍이 나서 사람을 몰라봐요."

"곧 갈게, 어서 들어가."

천수가 약빠르게 불을 켜는 바람에 분녀는 별수 없이 어지러운 꼴을 등불 아래 드러냈다. 움츠러들며 외면하였으나 천수의 눈이 등에 와 붙은 것 같다.

"녀석 방정맞게."

만갑이의 호통에보다도 천수는 분녀의 꼴에 더 놀랐다.

이튿날 상구가 왔다.

임시 시험이라고는 칭탈하나 오월도 잡아들지 않았는데 모를 소리였다. 어떻든 그를 만나기는 퍽도 오래간만이다. 거의 하루 건너로 찾아오던 것이 문득 끊어지더니 마침 두 장도막(장날과 다음 장날 사이의 동안. 또는 그 동안을 세는 말)을 넘긴 것이다. 하기는 전 모양 그 모양 지닌 책보도 전의 것대로였다. 다만 얼굴이 좀 그을었고 눈망울이 그 무슨 먼 생각에 멀뚱하다. 필연코 곡절이 있으련만―그것을 꼬싯꼬싯 묻기에 분녀는 심고(심사숙고(深思熟考). 깊이 생각함, 또는 그 생각)를 하며 상구의 말과 눈치가 될 수 있는 대로 자기의 일신의 변화 위에 떨어지지 않도록 발뺌을 하느라고 애를 썼다. 속으로는 상구한테서 정이 벌써 이렇게도 떴나 하고 궁리 다른 제 심정을 아프고 민망하게도 여겼다. 거짓없는 상구의 입을 쳐다보기도 죄만스럽다.

"시골학교 재미 적다. 서울로나 갈까 생각하는 중이다."

새삼스런 소리에 분녀는 의아한 생각이 나서,

"아무 델 가면 시험 없나? 뚱딴지같이 다따가 서울은 왜."

"조사가 심해서 책도 맘대로 읽을 수 없어. 책권이나 뺏겼다. 서울 가면 책도 소원대로 읽을 거, 동무도 흔할 거."

"책 책 하니 학교책이나 보면 됐지 밤낮 무슨 책이야."

책보를 끌러 활짝 헤치니 교과서 아닌 몇 권의 책이 굴러 나왔다. 영어책도 아니요 수학책도 아니요 그렇다고 소설책도 아닌 불그칙칙한 껍질의 두터운 책들이다. 분녀는 전부터도 약간은 상구가 그러스름한(그러한) 책을 읽고 있는 것과 그것이 무슨 속인가를 짐작하여 행여나 하는 의심을 품고 오기는 왔다.

"집에 두면 귀찮겠기에 몇 권 추려 가져왔다. 소용될 때까지 간직했다 주렴."

"주제넘게 엉큼한 수작하다 망할 장본인야. 까딱하다 건수, 윤패 꼴 되려구."

"함부로 지껄이지 말아. 쥐뿔도 모르거든."

상구는 눈을 부르댔다(남을 나무라기나 하는 것처럼 야단스럽게 떠들어 대다).

"너 요새 수상하더라. 태도가 틀렸지."

소리를 치며 책을 닁큼 들어 분녀의 볼을 갈긴다.

"어떻게 알고 그런 주제넘은 대꾸야."

돌리는 얼굴을 또 한 번 갈기다가 문득 고름 끝에 옭아매인 반지를 보았다.

"웬 것야."

잡아채이니 고름이 떨어진다. 상구는 금시에 눈이 찢어져 올라가며 불이라도 토할 듯 무섭게 외친다.

"어느 놈팽이를 웃어 붙였니. 개차반. 천보."

머리채가 휘어잡혔다. 볼이 얼얼하고 이빨이 솟는 듯하나 분녀는 아무 대답 없다. 모처럼의 기회에 차라리 죽지(팔과 어깨가 이어진 관절 부분)가 꺾이게 실컷 맞고 싶다. 미안한 심사가 약간이라도 풀려질 것 같다.

"숫제 그 손으로 죽여주었으면."

실토(實吐, 사실대로 내용을 모두 밝히어 말함)였다. 눈물이 솟는다.

"큰 것 죽이지 네까짓 것 죽이러 생겨났겐."

결착(완전히 결말이 남. 끝이 남)을 내리려는 듯이 몸째 차 박지르고 상구는 훌쩍 나가버렸다.

어쩐지 마지막 일만 같아 분녀는 불현듯이 설워지며(서러워지며) 공연히 그를 설굿친 것을 뉘우쳤다.

저녁때 밭에서 돌아오기가 바쁘게 어머니는 황당하게 설렌다.

"들었니. 상구 말이다."

분녀의 얼굴에는 아직도 눈물 자국이 부숙부숙한(부석부석한) 채로다.

"요새 더러 만나봤니. 이상한 눈치 보이지 않든—들어갔단다."

"네, 언제요."

분녀는 눈이 번쩍 뜨인다.

"망간 거리에서 소문 듣고 오는 길이다. 윤패, 건수들과 한 줄에 달릴 모양이다. 사람 일 모르겠다."

"낮쯤 와서 책까지 두고 갔는데요."

"낌새 채고 하직차로 왔었나 보다. 멀건 소소리패들과 휩쓸려 지내더니 아마도 그간 음특한(음흉하고 간사한) 짓을 꾸민 게야."

"눈치가 이상은 하였으나 그렇게까지 되다니요."

사실 분녀는 거기까지는 어림하지 못하였다. 아까 상구와 끝내 말다툼까지 하다 그의 심사를 설궂치게 된 것도 실상은 그의 말이 전과는 달라 수상하게 나온 까닭이었다.

"녀석들의 언결('언걸'의 틀린 말. 다른 사람 때문에 당하는 해) 입었거나 그렇지 않으면 철모르고 덤볐거나 한 게야. 사람은 겉볼 안(겉을 보면 속은 안 보아도 짐작할 수 있다는 말)이 아니구먼. 이 일을 어쩌노."

　어머니로서는 공연한 걱정이었다.

"웃학교는 아시당초 틀렸지. 초라니 같은 것. 사람 잘못 가렸어."

　슬그머니 딸을 바라본다. 분녀의 얼굴은 안온한 것도 같고 아득한 것도 같다.

"사람과 생각이 다른 거야 하는 수 없지요."

"넌 어떻게 생각하느냐 말이다. 분하지 않으냐."

"분하긴요."

　먼숙한 얼굴을 은연중 바라보며 어머니는 은근한 목소리로,

"너희들 그간 아무 일 없었니."

　분녀는 부끄러운 뜻에 화끈 얼굴이 달며 착살스런(좀스러운) 어머니의 눈초리에서 외면하여 버렸다.

"있었다면 탈이다."

　수삽스러운(부끄러워서 머뭇거리는 모양) 생각에 어머니가 자리를 뜬 것이 얼마나 시원한지 알 수 없다. 어머니에게 대하여서보다도 애매한 상구에게 대하여 더 부끄럽다. 일신이 별안간 더럽고 께끔하다('께끄름하다'의 준말. 무언가 꺼림하여 마음이 내키지 않다).

　어쩐지 어심아하여(어둑어둑하여) 밤이 늦었을 때 분녀는 골목을 나갔다. 남

문거리에 가서 한 모퉁이에 서기만 하면 웬만한 그날 소식은 거의 귀에 들려 온다. 행길 복판 게시판 옆에 두런두런 모여서들 지껄지껄하는 속에서 분녀는 영락없이 상구의 소문을 가달가달 훔쳐낼 수 있었다.

건수가 괴수(악당이나 나쁜 모임의 두목)였다. 모여서 글 읽는 패를 모으려다가 들킨 것이다. 학교에서는 상구 외에도 두 사람, 거리에서는 건수와 윤패네 세 사람. 상구는 건수에게서 책을 빌렸을 뿐이나 집을 속속들이도 수색당하고 학교에서는 나오는 대로 퇴학을 맞을 것이다.

상구도 이제는 앞길이 글렀구나 생각하면서 분녀는 발을 돌렸다. 이렇게 될 것을 예료(豫料, 예측)하고 그를 숨기고 허랑하게(말이나 행동에 거짓이 많고 착실하지 못하게) 처신을 하여온 것 같아 면목 없고 언짢다.

집에 돌아오니 상구의 두고 간 책이 유난스럽게 눈에 띈다. 그립기보다도 도리어 책망(責望, 잘못을 들어 꾸짖음)하는 원혼같이 보여서 쓸어 들고 아궁 앞으로 내려갔다.

'차라리 태워버리는 것이 글거리가 남잖아(남지 않아) 피차에 낫지.'

불을 그어 대니 속장부터 부싯부싯 타기 시작한다. 먹과 종이 냄새가 나며 두터운 책이 삽시간에 불덩이가 된다. 어두운 부엌 안이 불길에 환하다. 상구와는 영영 작별 같다. 악착한 것 같아 분녀는 눈앞이 어질어질하다.

오빠의 재판을 보러갈 노자가 없자 분녀는 자기 몸을 빼앗은 천수의 돈을 받다

4

날이 지남을 따라 무겁던 마음도 차차 홀가분하여지고 상구에게 대하여 확실히 심드렁하게 된 것을 분녀는 매정한 탓일까 하고도 생각하였다. 굴레를 벗은 것같이 일신이 개운하다. 매일 곳 없으며 책할 사람 없다고 느끼는 동안에 마음이 활짝 열려 엉뚱한 딴사람으로 변한 것 같다.

어느 날 저녁 느직하게 도야지물을 주고 우리에 의지하여 하염없이 들여다보고 있을 때 문득 은근한 목소리에 주물트리고 돌아서니 삽짝문(사립짝문의 줄임말. 나뭇가지를 엮어 만든 문) 어귀에 사람의 꼴이 어뜩한다(획 지나치듯 얼른 나타나고 사라진다). 홀태('좁게 되어 있는 물건'을 이르는 말) 양복을 입고 철 잃은 맥고(밀짚이나 보릿짚. 여기에서는 밀짚이나 보릿짚으로 만든 모자를 말한다)를 쓴 것이 갈데없는(의심할 여지 없는) 만갑이다. 혹시 집안 사람에게라도 들키면 하고 밖으로 손짓하며 뛰어갔다.

"동문밖까지 와줄 텐가. 성밑에 기다리고 있을게."

만갑은 외면하여 돌아서며 다짜고짜로 부탁이다.

"의논할 일이 있어. 안 오면 낭패야."

대답할 여지도 없게 다짐하고는 얼굴도 똑똑히 보이지 않고 사람의 눈을 피하는 듯이 획 가버린다. 어둠 속에 달아나는 꼴이 어렴칙하다. 약빠른 꼴이 믿음직은 하나 너무도 급작스러워서 분녀는 미심하게 뒷모양을 바라본다. 여편네 병이 위중한가.

방에 돌아와 망설이다가 행티(행태. 하는 짓과 몸가짐. 행동하는 모양)가 이상한 까닭에 담보(겁이 없고 용감한 마음보)를 내서 가보기로 하였다. 물론 그에게는 그만큼 마음이 익은 까닭도 있었다.

동문을 나서니 들판이 까마아득하고 늪이 우중충하다. 오 리 밖 바다가 보이는지 마는지 달 없는 그믐밤이 금시에 사람을 호릴 듯하다.

길 없는 둔덕으로 들어서 성곽 밑으로 다가서기가 섬뜩하고 께끔하다(께

이효석

름칙하다). 여우에게 홀리는 것은 이런 밤일까. 여우보다는 사람에게 홀리는 것이 그래도 낫겠지 하는 생각에 문득 성벽에 납작 붙은 만갑을 발견하였을 때에는 차라리 반가웠다.

사내는 성큼 뛰어와 날쌔게 몸을 끌었다. 무서운 판에 분녀는 뿌듯한 힘이 믿음직하여 애써 겨루려고도 하지 않고 두 팔에 몸을 맡겨버렸다.

"분녀."

이름을 부를 뿐 다른 말도 없이 급작스레 허리를 죄더니 부락스럽게 밀친다.

"다짜고짜로 개처럼 무어야, 원."

분녀는 세부득(어쩔 수 없이) 쓰러지면서 게정거리나(짓궂게 불평스러운 말이나 행동을 하나) 어기찬(뜻을 굽히지 않고 꿋꿋하게) 얼굴이 입을 덮는다. 팔이 떨리며 몸짓이 어색하다.

"말이 소용 있나."

목소리에 분녀는 웅끗(움찔)하였다.

"녀석 누구야."

소리를 지르나 입이 막히운다.

"만갑인 줄만 알았니. 어수룩하다(약삭빠르지 않고 숫되고 좀 어리석은 데가 있다)."

"못된 것. 각다귀."

손으로 뺨을 하나 올려 쳤을 뿐 즉시 눌리어 꼼짝할 수도 없다.

"듣지 않을 듯해서 감쪽같이 만갑이로 변해보았다. 계집을 속이기란 여반장이야. 맥고(밀짚이나 보릿짚으로 빳빳하게 만든 여름모자) 쓰고 홀태(통이 매우 좁은 것) 양복만 입으면 그만이니.

천수도 사내라 당할 수 없이 빡세다('철저하고 빈틈이 없어 힘이 든다' 라는 뜻의 경상도 사투리).

"딴은 만갑이와 좋긴 좋구나. 여기까지 나오는 것 보니. 녀석도 여편네는 마저마저 거꾸러지는데 말 아니야. 물건을 낚시삼아 거리의 계집애들 다 망쳐놓으니."

천수의 심청(심술의 비표준어)은 생각할수록 괘씸하였으나 지난 후에야 자취조차 없으니 하릴없는(어떻게 할 도리가 없는) 노릇이다. 마음속에 담고 있을 뿐 호소할 곳도 없으며 물론 말할 곳도 없다. 그러나 이상하게도 날을 지날수록 괘씸한 마음은 차차 스러져갔다.

어차피 기구하게 시작된 팔자였다. 명준이 때나 천수 때나 누구인 줄도 모르고 강박으로 몸을 맡겼다. 당초에 몸을 뜯고 울고 하였으나 지금 와보면 명준이나 천수나 만갑이까지도—다 같다. 기운도 욕심도 감동도 사내란 사내는 다 일반이다. 마치 코가 하나요 팔이 둘인 것같이 뛰어나지 못한 사내도 나은 사내도 없고 몸을 가지고만 아는 한정에서는 그 누구가 굳이 싫은 것도 무서운 것도 없다. 명준에게 준 몸을 만갑에게 못 줄 것 없고 만갑에게 허락한 것을 천수에게 거절할 것이 없다.

다만 부끄러울 뿐이다. 벗은 몸을 본능적으로 가리게 되는 것과 같은 심정으로 그것은 여자의 한 투다.

문만 들어서면 세상의 사내는 다 정답다. 천수를 굳이 괘씸히 여길 것 없다.

분녀는 이렇게까지 생각하게 되었다. 마음이 허랑(虛浪, 말이나 행동에 거짓이 많고 착실하지 못함)하여졌다고 할까. 확실히 새 세상을 알기 시작한 후로 심정이 활짝 열리기는 열렸다. 아무리 마음속을 노려보아도 이렇게밖엔 생각할 수 없다. 천수를 안된 놈이라고만 칭원(원통하다는 뜻을 가진 방언)할 수 없다.

정신이 산란하여 몸이 노곤하다. 살림은 나아지는 법 없고 일반인데다가 어느 날 또 발등에 불이 떨어졌다. 이웃 고을 재판소에서 검사국으로 넘어갔던 오빠의 재판이 열리는 것이다. 조합 당사자들에게 호출이 왔을 것은 물론이나 경찰에서 참량(참작. 참고하여 알맞게 헤아림)하여 집에도 통지가 왔다. 들어간 후로는 꼴을 본 지도 하도 오랜 까닭에 어머니만이라도 참례(參禮, 어떤 예식에 참여함)하여 징역으로 넘어가기 전에 단 눈보기만이라도 하였으면 하나 재판을 내일같이 앞두고 기차로 불과 몇 시간이 안 걸리는 곳인데도 골육(骨肉, 뼈와 살)을 보러 갈 노자가 없는 것이다. 어머니는 딸을, 딸은 어머니를 쳐다만 보며 종일 동안 궁싯거릴 뿐이었다.

생각다 못해 분녀는 밤늦게 거리로 나갔다. 만갑이밖엔 생각나는 것이 없다. 통사정하면 물론 되기는 될 것이다. 말하기가 심히 거북하여서 주저될 뿐이다.

"만갑이 보러왔니? 온천으로 놀러갔다."

위인이 없다면 말도 할 수 없기에 얼빠진 것같이 우두커니 섰노라니 천수는 민망한 듯이 덜미를 친다.

"요전 일 노엽니?"

뒤를 이어,

"무슨 일인지 내게 말하렴. 났으니 말이지 만갑이에게 말해도 소용 없을 줄이나 알아라. 네게서 벌써 맘뜬 지 오래야. 요새는 남돗집 월선이와 좋아지내는 모양이더라. 여편네 병은 내일 내일 하는데."

분녀는 불시에 뒤통수를 얻어맞은 것 같다. 눈앞이 아득하다.

"가게라도 반 떼어주겠다고 꼬이지 않든? 여편네가 죽으면 후실로 들여 가게를 맡기겠다고 하지 않든? 누구에게든지 하는 소리. 그게 수란다."

기둥을 잃은 것 같다. 몸이 떨린다. 그를 장래까지 믿었던 것은 아니나 너무도 간특스럽게(간사하고 못되며 악하게) 속인 셈이다.

"만갑이처럼 능청스럽지는 못하나 네게 무엇을 속이겠니. 무슨 일이든 말하렴. 내 힘엔 부친단 말이냐?"

"아무것도 아니다."

"어떻게 생각할지 모르나 돈이라면 여기 잔돈푼이나 있다. 어떻게 여기지 말고 소용되는 대로 쓰려무나."

천수는 지갑을 내서 통째로 손에 쥐어준다. 분녀는 알 수 없이 눈물이 솟는다. 예측도 못한 정미(情味, 인간다운 따뜻한 정)에 가슴이 듬뿍해서 도리어 슬프다.

분녀는 그네 대회에 나갔다 마주친 왕가에게 유혹을 느낀다

5

어머니는 재판소에 갔다온 날부터 심화가 나서 누웠다 일어났다 하였다. 홀렁바지를 입고 용수(지난날, 죄수를 밖으로 데리고 다닐 때 얼굴을 보지 못하게 머리에 씌우던 물건)를 쓴 오빠의 꼴이 눈앞에 어른거려 잠을 못 이루는 눈치다. 눈물이 마를 새 없고 눈시울이 부어서 벌갰었다. 몇 해 징역이나 될까. 판결이 궁금하다기보다 무섭다. 엄정한 재판장의 모양이 눈에 삼삼하다. 종가에서는 발조차 일절 끊었다.

스산한 속에도 단오가 가까워 온다.

거리 앞 장대에서는 매년같이 시민운동회가 성대하게 열린다는 바람에 거리 사람들은 설렌다. 일 년에 한 번 오는 이 반가운 명절 때문에 사람들은 사는 보람이 있는 듯하다. 씨름이 있고 그네가 있고 활이 있고 자전거 경주가 있다. 사람들은 철시(撤市, 어떤 사정으로 시장이나 상가의 문을 닫고 장사를 하지 않음)하고 새옷 입고 장대로 밀릴 것이다.

분녀는 정황은 못 되었으나 그대로 명절이 은근히 기다려진다. 제사 지낼 떡은 못 빚을지라도 만갑에게서 갖추어 얻은 것으로 이럭저럭 몸치장은 될 것이다. 무엇보다도 올에는 그네를 뛰어 상에 들 가망이 있는 것이다.

"자전거 경주에 또 나가보겠다."

천수가 뽐내는 것을 들으면 분녀도 마음이 뛰놀았다.

"을손이를 지울 만하냐?"

"올에야 설마 짓구땡이지 어디 갈랴구. 우승기 타들고 거리를 돌게 되면 나와 살겠니?"

"밤낮 살 공론이야."

이렇게 말한 것이 실상에 당일에는 어찌 된 일인지 도무지 신명이 나지 않았다.

못을 박은 듯이 **빽빽**히 선 사람 틈으로 자전거 경주를 들여다보고 있노라니 앞장서서 달아나던 천수는 꽁무니를 쫓는 을손과 마주 스치더니 급작스런 모서리를 돌 때 기어코 왈칵 쓰러져 일어나는 동안에는 벌써 맨 뒤에 떨어져 버렸다. 을손의 간악한 계교에 얼입히웠다고(남의 잘못으로 해를 입었다고) 북새(여러 사람이 한데 모여 부산을 떨며 법석거리는 일)를 놓았으나 을손이 벌써 일등을 한 뒤라 공론(公論, 사회 일반의 여론)이 천수에게 이롭지 못하였다. 조마조마 들여다보던 분녀는 낙심이 되어 차례가 와 그네에 올랐을 때에도 마음이 허전허전하였다.

나조차 마저 실패하면 어쩌노 생각하며 애써 힘을 주어 솟구기 시작하였다.

희뚝거리던(어지럼증이 나던) 설개도 차차 편편하여지고 두 손아귀의 바도 힘차고 탐탁하게 활같이 휘었다 펴졌다 한다. 그네와 몸이 알맞게 어울려 빨리 닫는 수레를 탄 것같이 유쾌하다. 나갈 때에는 눈앞이 휘연하고(훤한 듯하고) 치맛자락이 너볏이(번듯하고 의젓하게) 나부낀다. 다리 밑에 울며줄며 선 사람들의 수천의 눈방울이 몸을 따라 왔다갔다한다. 하늘에 오를 것 같고 땅을 차지한 것도 같다. 땅 위의 걱정은 어디로 날아간 듯싶다.

바에 달린 줄이 휘엿이 뻗쳐 방울이 딸랑 울릴 때도 얼마 남지 않은 것 같다. 아래에서는 연방 추스르는 말과 힘을 메기는 고함이 들린다. 몸은 펴질 대로 펴지고 일등도 머지않다.

그때였다. 들어왔다 마지막 힘을 불끈 내어 강물같이 후럿이 솟아나갈 때 벌판으로 달리는 눈동자 속에 문득 맞은편 수풀 속의 요절할 한 점의 광경이 들어왔다. 순간 눈이 새까매지고 허리가 휘친(휘청) 꺾이며 힘이 푹 스러지는 것이었다.

'왕가일까.'

추측하며 재차 솟구며 나가 내려다보니 움직이지도 않고 그대로 서 있는 꼴이 개울 옆 수풀 그늘 아래 완연하다. 그 불측한(짐작하기 어려운) 녀석은 참다못해 그 자리에 선 것이 아니요, 확실히 일부러 그 꼴을 하고 서서 이쪽을 정신없이 쳐다보는 것이다. 아마도 오랫동안 그 목적으로 그 짓을 하고 섰던 것이 요행 주의를 끌어 눈에 뜨인 것이리라. 거리에서 드팀전(지난날, 여러 가지 천이나 베를 팔던 가게)을 하고 있는 중국인 왕가인 것이다.

'음칙한 것.'

속으로는 혀를 차면서도 이상하게도 한눈이 팔려 분녀는 노리는 동안에

팽팽하게 당기던 기운이 왈싹 줄어들며 그네가 줄기 시작하였다. 허리가 꺾이고 다리가 허전하여지더니 다시 힘을 주려야 줄 수 없다. 팔이 떨려 바가 휘친거리고 발에 맥이 풀려 설개가 위태스럽다(위태롭고 아슬아슬하다). 벌써 자세가 빗나가고 몸과 그네가 틀리기 시작하였다. 거의 방울이 마저마저 울리려 하던 풋줄이 옴츠려들게만 되니 그네는 마지막이요 일등은 날아갔다. 분녀는 아홉 슈음의 공을 한 슈음의 실책으로 단망할 수밖엔 없었다. 줄 아래 사람들은 공중의 비밀은 알 바 없어 혹은 탄식하고 혹은 소리치며 다만 분녀의 못 미치는 재주를 아까워하는 것이다.

이렇게 된 바에야 하고 분녀는 줄어드는 그네 위에서 담대스럽게(담력이 크며 겁이 없고 용기 있게) 녀석을 노려서 물리치려고 하였다. 그러나 이상한 것은 노리는 동안에 그를 물리치기는커녕 이쪽의 자세가 어지러워질 뿐이다. 오금(무릎이 구부러지는, 다리의 뒤쪽 부분. 뒷무릎)에 맥이 빠지고 나부끼는 치마폭이 부끄럽다.

일종의 유혹이었다. 천여 명 사람 속에서 왕가의 그 꼴을 보고 있는 것은 분녀뿐이다. 말하자면 두 사람은 많은 총중의 눈을 교묘하게 피하여 비밀히 만나고 있는 셈도 된다. 왕가의 간특스런 손짓과 마주치는 분녀의 시선은 말없는 대화인 셈이다. 분녀는 부끄러운 생각에 얼굴이 붉어졌다.

줄에서 내렸을 때까지도 좀체 흥분이 사라지지 않았다.

좀 상에는 들었으나 상보다도 기괴한 생각에 몸이 무덥다.

이 괴변(怪變, 괴이한 일)을 누구에게 말하면 좋은가. 혼자만 알고 있는 것이 옳을까 생각하며 천수를 찾았으나 많은 눈 속에서 소락소락 말을 붙일 수도 없어서 집으로 돌아와서야 겨우 기회를 잡았으나 천수는 홧김에 술이 거나하게 취하여 있다.

"개울가로 나올련. 요절할 이야기 들려줄게."

"분해 못 견디겠다. 을손이 녀석."

분녀는 혼자 먼저 나갔으나 시납시납 거닐어도 천수의 나오는 꼴이 보이지 않았다. 분김에 을손과 맞붙어 싸우지나 않는가.

왕가에게 몸을 빼앗기나 분녀는 오히려 그를 그리워하다

양버들숲을 서성거리는 동안에 어두워졌다. 개울까지 나갔다 다시 수풀께로 돌아오면서 할일없이 왕가의 생각에 잠겨 본다―초라한 꼴로 거리에 온 지 오륙 년이나 될까. 처음에는 마병장사(허름한 물건을 가지고 하는 장사)를 하던 것이 차차 늘어 지금에는 드팀전으로도 제일 크다. 실속으로는 거리에서 첫째 부자라는 소리도 있으나 아직도 엄지락총각('떠꺼머리 총각'의 북한어)의 신세를 면하지 못하여 가끔 술집에 가서는 지전(지폐)을 물쓰듯 뿌린다고 한다. 중국 사람은 왜 장가가 늦을까. 여편네가 귀한 탓일까.

수풀 그늘 속으로 들어가려던 분녀는 기겁을 하고 머물렀다. 제 소리의 범이 있는 것이다. 왕가는 마치 그를 기다리고 있던 것같이 벙글벙글 웃으며 앞에 막아선다. 하기는 낮에 섰던 바로 그 자리이긴 하다. 도깨비에게 홀린 것도 같다.

쭈뼛 솟았던 머리끝이 가라앉기도 전에 몸이 왕가의 팔 안에 있다. 입을 벌리기에는 너무도 어처구니없고 삽시간이라 겨를 틈도 없다.

'평생이 이다지도 기구(崎嶇, 세상살이가 순탄하지 못하고 일이 많음)할까.'

분녀는 혼자 앉았을 때 스스로 일신이 돌려 보였다.

수풀 속에서 왕가에게 경박(결박으로 추측)을 당하였을 때 악을 다하여 결었다면 걷지 못하였을까. 가령 팔을 물어뜯는다든지 돌을 집어 얼굴을 찧는다든지 하였으면 당장을 모면할 수는 있지 않았던가. 그럼에도 그는 그것을 할 수 없었고 이상한 감동에 몸이 주저들자 기운도 의사도 사라져버려 그뿐이었다.

마치 당시에는 함빡 술에라도 취하였던 것 싶다.

천수를 대할 꼴도 없다. 하기는 만갑과의 사이를 아는 그가 왕가와의 사이인들 굳이 나무랄 이치도 없기는 하다. 천수는 만갑에게서 그를 빼앗았고 차례로 왕가에게 빼앗긴 셈이다. 몸이란 나루에서 나루로 멋대로 흘러가는 한 척의 배 같다. 하기는 만약 그날 저녁 약속한 천수가 어김없이 개울가로 나와주었더면 그렇게 신세가 빗나가지는 않았을 것이다. 천수를 한할까, 왕가를 원망할까.

분녀는 길게 한숨지으며 생각에 눈이 흐리멍덩하다. 천수를 한할 바도 못 되거니와 왕가를 미워할 수도 없는 것이다.

생각하기도 부끄러운 일이나 사실 왕가는 특별한 인간이었다. 사내 이상의 것이라고 할까. 그로 말미암아 분녀는 완전히 눈을 뜨게 된 것이다.

왕가를 보는 눈이 전과는 갑자기 달라져서 은근히 그가 그리운 날이 있었다. 피가 수물거려 몸이 덥고 골이 띵할 때조차 있다. 그런 때에는 뜰 앞을 저적거리거나(힘없이 발을 내딛으며 걷거나) 성밖에 나가 바람을 쏘일 수밖에는 없었다. 그러나 그것만으로는 도무지 몸이 식지 않는 때가 있다.

하룻밤은 성밖까지 나갔다. 돌아오는 길에 거리를 거쳤다. 눈치를 보아 왕가와 만날 수가 있지나 않을까 하는 속심(속마음)도 없는 바 아니었다.

두근거리는 마음에 남문을 지날 때 돌연히 천수를 만났다. 조바심하는 탓으로 태도가 드러나보였는지 천수는 어둠 속으로 소매를 이끌더니 첫마디에 싫은 소리였다.

"요새 꼴이 틀렸군."

영문을 몰라 맞장구를 쳤다.

"꼴이 틀렸다니 눈이 뒤집혔단 말이냐."

"눈도 뒤집혔는지 모르지."

"무슨 소리냐."

"요새 환장할 지경이지."

"또 술취했구나. 을손이한테 지더니 밤낮 술이야."

"어물쩡하게 딴소리 그만둬."

쏘더니 목소리를 갈아(낮게 가라앉혀),

"사람이 그렇게 헤프면 못쓴다. 아무리 너기로서니 천덕구니가 되면 마지막이야."

"무엇 말이냐?"

"그래도 시침을 떼니? 왕가와의 짓 말야."

분녀는 뜨끔하여 입이 막혀 버렸다.

"수풀 속에서 본 사람이 있어. 하늘은 속여도 사람의 눈은 못 속인다."

따귀를 붙인다. 분녀는 주춤하며 자세가 휘었다.

"다시 그러면 왕가를 찔러라도 눕힐 테야. 치가 떨려 못살겠다."

한참이나 잠자코 섰던 분녀는 겨우 입을 열었다.

"너 옷섶이 얼마나 넓으냐? 내가 네게 매였단 말이냐. 왕가와 너와 못하고 나은 것이 무엇 있니?"

이효석

이미 성에 눈을 뜬 분녀는 스스로 상구에게 몸을 허락한다

6

그 후로 천수와의 사이가 뜬 것은 물론이거니와 분녀에게는 여러 가지 궁리가 많아서 얼마간 거리와 일절 발을 끊었다. 아침 저녁으로 관사에 다니는 것도 일부러 궁벽한 딴 길을 골랐다. 관사에서 일하는 이외의 여가는 전부 집에서 보냈다.

빈집을 지키며 울밑 콩포기도 가꾸고 우물물을 길어 몸도 핏질 씻고 하는 동안에 열이 식어지고 마음도 차차 잡혔다. 몸이 깨끗하고 정신이 맑은 데다 뜰 앞의 조촐한 화초포기를 바라보고 있으면 지난 일이 꿈결같이밖에는 생각나지 않는다. 그 무슨 무더운 대병이나 치르고 난 것같이 몸이 거뿐하다. 모든 것이 지나간 꿈이었다면 차라리 다행이겠다고 생각해보면 머리채를 땋아내린 몸으로 엄청난 짓을 한 것이 새삼스럽게 뉘우쳐진다. 명준, 만갑, 천수, 왕가. 머릿속에 차례로 떠오르는 환영을 힘써 지워버리려고 애쓰면서 날을 보냈다.

그러나 사람의 마음처럼 조화 많은 것은 없는 듯하다. 언제까지든지 찬 우물물을 끼얹어 식히고 얼리울 수는 없었다. 견물생심(見物生心, 물건을 보면 그것을 가지고 싶은 욕심이 생긴다는 뜻)으로 다시 분녀의 마음을 움직이게 한 변괴가 생겼다. 망측스런 꼴이 눈에 불을 붙여놓았다.

여름의 관사는 까딱하면 개망신처가 되기 쉽다. 문이란 문, 창이란 창은 죄다 열어젖히고 대신에 얇은 발이 치이면 방 안의 변이 새기 맞춤이다. 문이란 벽 속의 비밀을 귀띔하는 입이다. 그 안에 사는 임자가 밤과 낮조차 구별할 주책이 없을 때에 벽은 즐겨 망신 주기를 좋아하는 것 같다.

그날 저녁 무렵은 유난히도 무더웠다. 더우면 사람들은 해변에서나 집 안에서나 옷 벗기를 즐겨 한다. 분녀는 이 역 유난스럽게도 일찍이 부엌일을 마치고는 목욕물을 가늠보러(목표나 기준에 맞고 안 맞는지 헤아리려) 목욕간으로 들어갔다. 물줄을 틀어 더운 물을 맞추면서 한결같이 누구보다도 먼저 시원한 물속에 잠겼으면 하는 불측한 생각뿐이었다. 그러나 대체 주인 양주는 이때껏 무엇을 하고 있나 하고 빈지(널빈지의 준말, 널빤지로 만든 문) 틈에 눈을 대었다. 이 괴망스러운 짓이 실수였는지도 모른다. 빈지 틈으로는 맞은편 건넌방이 또렷이 보인다. 분녀는 하는 수 없이 방 안의 행사를 일일이 보지 않을 수 없었다.

거의 숨을 죽였다. 피가 솟아 얼굴이 화끈 단다. 목구멍이 이따금 울린다. 전신의 신경을 살려 두 손을 펴고 도마뱀같이 빈지 위에 납작 붙었다.

수돗물이 쏟아질 대로 쏟아져 목욕통이 넘쳐나는 것도 잊어버리고 분녀는 어느 때까지나 정신없이 빈지에 붙어 앉았다. 더운 김에 서리어서인지 눈에 불이 붙어서인지 몸이 불덩이같이 덥다.

날이 지나도 흥분이 쉽사리 사라지지 않는다.

'그런 세상도 있구나.'

거기에 비하면 지금까지 겪은 세상은 너무도 단순하고 아무것도 아닌― 방 안의 세상이 아니요 문 밖 세상 같은 생각이 든다. 가지가지의 경험을 죄진 것같이 여기던 무거운 생각도 어느 결엔지 개어지고 도리어 자연스럽고 그 위에 그 무엇이 부족하였다는 느낌조차 들었다.

관사의 광경은 확실히 커다란 꼬임이었다. 일시 잠자던 것이 다시 깨어나 이번에는 더 큰 힘으로 움직이기 시작하였다. 아무리 우물물을 퍼서 몸에 퍼부어도 쓸데없다. 한시도 침착하게 앉아 있을 수 없이 육신이 마치 신장대(무당이 신이 내릴 때에 쓰는 막대기나 나뭇가지) 모양으로 설레는 것이다.

만약 그날로 돌연히 상구가 눈앞에 나타나지 않았더면 분녀는 어떻게 일신을 정리하였을까.

요술과도 같이 뜻밖에 상구가 찾아왔다. 들어간 지 거의 달포 만이다. 얼굴은 부숭부숭 부었으나 어느 틈엔지 머리까지 깎은 후라 일신은 단정하다. 짜장 반가운 판에 분녀는 조금 수다스럽게 소리를 걸었다.

"고생했구나."

"맞았다! 동무들이 가엾다."

상구는 전과는 사람이 변한 것같이 속도 열리고 말도 걱실걱실 잘 받는 것이 분녀에게는 알 수 없이 반갑다.

"몸이 부은 것 같구나. 거북하지 않으냐."

"넌 내 생각 안 했니."

다짜고짜로 몸을 끌어당긴다. 분녀는 굳이 몸을 빼지 않았다.

"이번같이 그리운 때 없다."

"별안간 싼들한 것 같구나."

핑계 겸 일어서서 분녀는 방문을 닫았다.

상구에게 대한 지금까지의 불만도 뉘우침도 다 잊어버리고 상구의 하는 대로 몸을 맡겼다. 누구보다도 지금에는 상구가 가장 그리운 것이다. 지난날도 앞날도 없고 불 붙는 몸에는 지금이 있을 뿐이다. 상구의 입술이 꽃같이 곱다.

다음날 관사에 나갔을 때에 분녀는 천연스런 양주의 얼굴을 속으로 우습게 여기는 한편 천연스런 자신의 꼴을 한층 더 사특(못되고 악함)하게 여겼다.

그날 밤도 상구가 오기는 왔으나 간밤같이 기쁜 낯으로가 아니었다. 밤늦게

오면서도 그는 전과 같이 노여운 태도였다. 퉁명스런 목소리였다.

"너를 잘못 알았다."

발을 구르며,

"네까짓 것한테 첫몸을 준 것이 아까워."

이어,

"짐승 같은 것, 너를 또 찾은 내가 잘못이었지. 그렇게까지 된 줄이야 알았니."

기어코 볼을 갈긴다.

"소문 다 들었다."

"……."

"굳이 일일이 이름 들 것도 없겠지. 어떻든 난 쉬 떠나겠다."

첫남자 명준이 돌아오자 분녀는 안정된 생활을 꿈꾼다

7

상구는 말대로 가버렸다. 차라리 실컷 얻어나 맞았다면 시원할 것을 더 말도 못 들어보고 이튿날로 사라졌으니 하릴없다. 서울일까. 사람이란 눈 앞에만 안 보이게 되면 왜 이리도 그리운가.

그러나 상구의 실종보다도 더 큰 변이 생기고야 말았다. 마을 갔던 어머니는 화급한 성질에 펄펄 뛰어들더니 손에 몽둥이를 집어들었다.

"분녀야, 정말이냐."

분녀에게는 곡절(曲折, 복잡한 사연이나 내용. 까닭)이 번개같이 짐작되었다. 금시에 몸이 솟는 것 같더니 넋없는 몸뚱이가 허공을 나는 것 같다.

"허구한 곳 다 두고 하필 종가에 가서 이 끔찍한 소문을 듣다니 무슨 망신이냐."

올 때가 왔구나 느끼며 숨을 죽였다.

"일일이 대봐라, 행실머릴. 이 자리에서."

첫 매가 내렸다.

"만갑이, 천수, 또 누구냐, 대라. 치가 떨려 견딜 수 있나. 몸치장이 수상하더니 기어코 이 꼴이야."

물매가 내리기 시작하였다. 분녀는 소같이 잠자코만 있다가 견딜 수 없어서 매를 쥔 팔을 붙들었다. 어머니는 더욱 노여워할 뿐이다.

"이 고장에 살 수 없다. 차라리 죽어라."

모진 매에 등줄기가 주저내리는 것 같다. 종아리에서는 피가 튄다. 분녀는 하는 수 없이 매를 벗어나서 집을 뛰어나왔다. 목소리는 나지 않고 눈물만이 바짓바짓 솟는다.

바다에라도 빠질까. 목이라도 맬까. 성문을 나서 환장할 듯한 심사에 정신없이 벌판을 달렸다. 큰길을 닫기도 부끄러워 옆길로 들었다. 허전거리다가 밭두덕(밭두둑. 밭과 밭 사이의 경계를 이루는 언덕)에 쓰러졌다. 굳이 다시 일어날 맥도 없이 그 자리에 코를 박고 밤 되기를 기다렸다. 바다에까지 나가기도 귀찮아 풀포기에 쓰러진 채 밤을 새웠다.

다음날도 집에 들어가지 않고 그렇다고 갈 곳도 없어 사람 눈에 안 띄게 종일이나 벌판을 헤매다가 밭 속 초막 안에서 잤다. 그런 지 나흘 만에 벌판으로 찾아 헤매는 식구의 눈에 띄어 하는 수 없이 집으로 끌려갔다. 어머니는 때리는 대신에 눈물을 흘렸다.

큰일이나 치르고 난 것 같다. 몸도 가다듬고 마음도 죄어졌다. 딴 사람으로라도 태어난 것 같다. 관사에서 떨어진 후로는 들에 나가 밭일을 거들었다. 거리를 모르게 되고 밭과 친하였다.

여름이 짙어지자 벌써 가을 기색이었다. 들에는 곡식 냄새에 섞여 들깨 향기가 넘쳤다. 들깨 향기는 그윽한 먼 생각을 가져온다.

분녀는 날마다 들깨 향기에 젖어서 집에 돌아왔다. 그런 하룻날 돌연히 낯선 청년이 찾아왔다.

"날 모르겠어?"

아무리 뜯어보아도 알 듯 알 듯하면서 생각이 미처 들지 않는다.

"명준이야."

듣고 보니 틀림없다. 반갑다. 삼 년 만인가.

"만주 갔다 오는 길야. 나도 변했지만 분녀도 무던히는 달라졌군."

"금광은 찾았누."

"금광 대신에 사람놈이나 때려죽였지."

명준은 빙그레 웃는다. 고생을 하였으련만 그다지 축나지도 않았다. 도리어 몸이 얼마간인 것 같다.

"고향은 그저 그 모양이군."

분녀는 변화 많은 그의 일신 위에 말이 뻗칠까봐 날쎄게 말꼬리를 돌렸다.

"어떻게 할 작정인구."

"밭뙈기나 얻어 갈아볼까. 수틀리면 또 내빼구."

말투가 허황하면서도 듬직하다. 생각하면 명준은 첫사람이었다. 귀찮은 금덩이를 가져오지 않은 것이 차라리 개운하다. 허락만 한다면 그와 나 마음 잡고 평생을 같이하여 볼까 하고 분녀는 생각하여 보았다.

이야기 따라잡기

꿈에 돼지가 덮쳐 가위에 눌린 분녀는 잠에서 깨어나면서 실제로 자신이 겁탈을 당하고 있음을 알게 된다. 처음 당하는 일이라 분녀는 밤새 부끄러움과 두려움에 떤다. 그 장본인은 명준이었으나 그는 자신의 행동에 책임을 지지 않고 돈을 벌러 만주로 떠나버린다.

그 경험을 시작으로 분녀는 가게 주인 만갑이와 점원 천수, 단옷날 우연히 만난 중국인 왕가에게 차례로 몸을 빼앗긴다. 처음에는 당혹스럽고 죄의식이 들었으나 만갑이에게 큰 돈을 받자 분녀는 생각이 바뀌어 스스로를 대견해한다. 사실 분녀의 오빠가 회사에서 공금횡령을 한 일로 재판이 걸려 있어 집안에 경제적인 어려움이 있었기 때문에 한 푼의 돈도 절실히 필요했던 것이다.

거듭되는 경험으로 도덕적 죄의식도 옅어지고 오히려 성에 대한 욕망에 눈을 뜨는 자신의 모습에 분녀는 놀라워한다. 단옷날 우연히 중국인 왕가를 봤을 때도 분녀가 더 열망에 휩싸이는 일이 일어난다. 상구는 분녀를 좋아하면서도 순결을 지켜주던 학생인데 금지된 서적을 읽다 잡혀간다. 상구를 그리워하던 분녀는 나중에 상구가 나왔을 때 자발적으로 몸을 허락한다.

　한편 마을에 분녀가 타락했다는 소문이 퍼지고 상구도 화를 내며 떠나버린다. 결국 어머니에게까지 소문이 들려와 흠씬 두들겨맞던 분녀는 결국 집을 나와 방황하다 가족에게 잡혀 돌아온다. 분녀의 생활이 안정을 찾은 어느 날 첫 남자인 명준이 돌아온다. 만주에서 돈을 벌기는커녕 사고를 치고 온 상황이었지만 분녀는 그와 평생을 같이할까 생각한다.

쉽게 읽고 이해하기

애욕의 세계에 눈뜨는 과정

이 소설의 큰 흐름은 분녀가 다양하게 경험한 성 편력을 따라가는 이야기이다. 성에 대해 아무것도 모르던 한 처녀가 성의 비밀과 욕망을 하나씩 발견해나가는 이야기인 것이다. 어느 날 밤 주인공 분녀는 돼지가 덮치는 꿈을 꾸다 깨는데, 실제로 자기가 겁탈을 당하고 있음을 자각한다. 분녀는 겁탈을 당한 경험에 공포감과 알 수 없는 죄의식으로 시달리면서 누구에게 털어놓지도 못한다. 사실 첫 남자는 마을 청년 명준이인데, 명준은 분녀를 책임지지 않고 돈을 번다고 만주로 떠나자 분녀는 당혹감에 빠진다.

이어지는 경험에서 분녀는 성에 대한 생각이 조금 변한다. 가게 주인인 만갑이와 가게 점원인 천수가 겁탈을 하고 돈을 주자 몸으로 돈을 벌 수 있다는 데 스스로 대견한 감정이 든 일이다. 분녀네 집은 오빠가 회사에서 공금횡령을 하여 재판에 회부되었기 때문에 돈 한 푼도 아쉬운 상황이었다.

이제 분녀는 스스로 성 욕망을 느끼기 시작한다. 단옷날 분녀는 그네대회에 참가하러 갔다가 우연히 본 중국인 왕가에게 강렬한 유혹을 느끼고 결국 몸을 거부하지 못한다. 마을 청년 상구와는 서로를 미래 배우자로 생각하면서도 평소 몸을 허락하지 않았었는데, 상구가 사상 문제로 잡혀갔다가 나왔을 때 분녀 스스로 몸을 내어주기에 이른다.

이처럼 분녀가 성 욕망에 눈뜨고 욕망을 키워가는 과정 중에, 분녀의 도덕성은 파탄에 이르고 결국 상구에게도 버림받는다. 마지막에 첫 남자인 명준이 돌아오지만 분녀의 바람대로 명준이와 새출발을 하게 될지는 의문이다.

이 작품은 1936년 1월과 2월에 『중앙』에 발표되었다. 이효석은 이 무렵에 애욕의 세계를 작품의 주제로 삼았다. 이 작품 외에도 이효석은 「성화」를 '금제된 애욕의 타부', 「장미 병들다」를 '허랑한 애욕', 「메밀꽃 필 무렵」을 '애욕의 신비성'으로 스스로 평한 바 있다.

돼지의 상징

이효석 소설 「돈」에서와 마찬가지로 돼지는 성 욕망을 상징한다. 「돈」에서 식이가 종묘장에 데려간 돼지는 어린 암돼지였다. 주인공 식이도 아직 성에 대해 수줍어하는 나이이고, 이웃집 분이에 대해서도 사귀고 싶어 하는 정도의 생각에 그친다.

한편 이 소설에서 돼지는 거대하고 저돌적인 수돼지이다. 암돼지를 완벽하게 압도하는 상징적 동물인 셈이다. 보통 우리 생활에서 사람들은 돼지꿈은 복을 가져다준다고 해몽한다. 태몽이거나 큰 돈을 버는 의미를 가진다. 하지만 이 소설에서는 돼지의 공격이 곧 성 강탈로 이어지는 악몽이다.

「메밀꽃 필 무렵」(『조광』, 1936.10)은

아름다운 공간을 배경으로

펼쳐지는 우연과 운명적 만남의 이야기로

이효석 소설의 으뜸이자 소설 묘사 문장의

백미로 꼽히는 작품이다.

메밀꽃 필 무렵

길이 좁은 까닭에 세 사람은 나귀를 타고 외줄로 늘어섰다.
방울소리가 시원스럽게 딸랑딸랑 메밀밭께로 흘러간다.

등장인물

허생원 20년을 장에서 지내온 늙은 장돌뱅이. 과거에 성처녀와 물방앗간에서
맺은 인연을 소중히 간직한다.

동이 젊은 장돌뱅이. 그가 풀어놓은 가족이야기와 신체 특징으로 미루어 허생원
의 아들로 짐작된다.

조선달 허생원과 단짝인 장돌뱅이. 허생원과 오랜 세월을 같이했으며 곁에서 묵
묵히 이야기를 들어주는 인물이다.

메밀꽃 필 무렵

파장 후 허생원은 충줏집을 후리는 동이와 마주치다

여름 장이란 애시당초에 글러서, 해는 아직 중천에 있건만 장판은 벌써 쓸쓸하고 더운 햇발이 벌여놓은 전 휘장 밑으로 등줄기를 훅훅 볶는다. 마을사람들은 거지반 돌아간 뒤요, 팔리지 못한 나무꾼패가 길거리에 궁싯거리고들(어찌할 바를 몰라 이리저리 머뭇거리고들) 있으나 석웃병이나 받고 고깃마리나 사면 족할 이 축(비슷한 부류)들을 바라고 언제까지든지 버티고 있을 법은 없다. 춥춥스럽게(너절하고 염치없게) 날아드는 파리떼도 장난꾼 각다귀(남의 것을 뜯어먹으려하거나 착취하는 사람을 비유하는 말)들도 귀치않다(귀찮다). 얽둑배기(곰보)요 왼손잡이인 드팀전(지난날, 여러 가지 천이나 베를 팔던 가게)의 허생원은 기어코 동업의 조선달에게 낚아보았다.

"그만 거둘까?"

"잘 생각했네. 봉평장에서 한번이나 흐뭇하게 사본 일 있을까. 내일 대화장에서나 한몫 벌어야겠네."

"오늘밤은 밤을 새서 걸어야 될 걸?"

"달이 뜨럿다?"

절렁절렁 소리를 내며 조선달이 그날 산 돈을 따지는 것을 보고 허생원은 말뚝에서 넓은 휘장을 걷고 벌여놓았던 물건을 거두기 시작하였다. 무명 필과 주단바리가 두 고리짝에 꼭 찼다. 멍석 위에는 천조각이 어수선하게 남았다.

다른 축(패거리)들도 벌써 거진 전들을 걷고 있었다. 약빠르게 떠나는 패도 있었다. 어물장수도, 땜장이도, 엿장수도, 생강장수도 꼴들이 보이지 않았다. 내일은 진부와 대화에 장이 선다. 축들은 그 어느 쪽으로든지 밤을 새며 육칠십 리 밤길을 타박거리지 않으면 안 된다. 장판은 잔치 뒷마당같이 어수선하게 벌어지고, 술집에는 싸움이 터져 있었다. 주정군 욕지거리에 섞여 계집의 앙칼진 목소리가 찢어졌다. 장날 저녁은 정해놓고 계집의 고함소리로 시작되는 것이다.

"생원, 시침을 떼두 다 아네…… 충줏집 말야."

계집 목소리로 문득 생각난 듯이 조선달은 비죽이 웃는다.

"화중지병(그림의 떡)이지. 연소패들을 적수로 하구야 대거리(상대에게 대드는 행동이나 말)가 돼야 말이지."

"그렇지두 않을걸. 축들이 사족을 못 쓰는 것두 사실은 사실이나, 아무리 그렇다군 해두 왜 그 동이 말일세, 감쪽같이 충줏집을 후린(그럴 듯한 방법으로 남의 정신을 흐리게 하여 꾀어들인) 눈치거든."

"무어, 그 애숭이가? 물건가지구 나꾸었나부지. 착실한 녀석인 줄 알았더니."

"그 길만은 알 수 있나…… 궁리 말구 가보세나그려. 내 한턱 씀세."

그다지 마음이 당기지 않는 것을 좇아갔다. 허생원은 계집과는 연분이 멀었다. 얽둑배기 상판(얼굴)을 쳐들고 대어 설 숫기도 없었으나 계집 편에서 정을 보낸 적도 없었고, 쓸쓸하고 뒤틀린 반생이었다. 충줏집을 생각만 하여도 철없이 얼굴이 붉어지고 발밑이 떨리고 그 자리에 소스라쳐버린다. 충줏집 문을 들어서서 술좌석에서 짜장 동이를 만났을 때에는 어찌 된 서슬엔지 발끈 화가 나버렸다. 상 위에 붉은 얼굴을 쳐들고 제법 계집과 농탕치는 것을 보고서야 견딜 수 없었던 것이다. 녀석이 제법 난질꾼(주색에 빠져 행실이 부정한 사람)인데 꼴사납다. 머리에 피도 안 마른 녀석이 낮부터 술 처먹고 계집과 농탕(남녀가 난잡한 행동으로 노는 짓)이야. 장돌뱅이('각 장으로 돌아다니며 물건을 파는 장수'를 속되게 이르는 말) 망신만 시키고 돌아다니누나. 그 꼴에 우리들과 한몫 보자는 셈이지. 동이 앞에 막아서면서부터 책망이었다. 걱정두 팔자요 하는 듯이 빤히 쳐다보는 상기된 눈망울에 부딪칠 때, 얼결김에 따귀를 하나 갈겨주지 않고는 배길 수 없었다. 동이도 화를 쓰고 팩하고 일어서기는 하였으나, 허생원은 조금도 동색(動色, 얼굴빛이 변하는 것)하는 법 없이 마음먹은 대로는 다 지껄였다 ─ 어디서 주워먹은 선머슴인지는 모르겠으나, 네게도 아비 어미 있겠지. 그 사나운 꼴 보면 맘 좋겠다. 장사란 탐탁하게 해야 되지, 계집이 다 무어야. 나가거라, 냉큼 꼴 치워.

그러나 한마디도 대거리하지 않고 하염없이 나가는 꼴을 보려니, 도리어 측은히 여겨졌다. 아직두 서름서름(남과 가깝게 지내지 못하여 서먹서먹한)한 사인데 너무 과하지 않았을까 하고 마음이 섯짓해졌다. 주제도 넘지, 같은 술손님이면서두 아무리 젊다구 자식 낳게 된 것을 붙들고 치고 닦아 셀 것은 무어야 원. 충줏집은 입술을 쫑긋하고 술 붓는 솜씨도 거칠었으나, 젊은 애들한테는 그것이 약이 된다나 하고 그 자리는 조선달이 얼버무려 넘겼다. 너 녀석한테 반했지? 애숭이를 빨면 죄된다. 한참 법석을 친 후이다. 담도 생긴 데다가 웬일인지 흠뻑 취해보고 싶은 생각도 있어서 허생원은 주는 술잔이면 거의 다 들이켰다. 거나해짐에 따라 계집 생각보다도 동이의 뒷일이 한결같이 궁금해졌다. 내 꼴에 계집을 가로채서는 어떡헐 작정이었누 하고 어리석은 꼬락서니를 모질게 책망하는 마음도 한편에 있었다. 그렇기 때문에 얼마나 지난 뒤인지 동이가 헐레벌떡거리며 황급히 부르러 왔을 때에는, 마시던 잔을 그 자리에 던지고 정신없이 허덕이며 충줏집을 뛰어나간 것이다.

"생원 당나귀가 바를 끊구 야단이에요."

"각다귀들 장난이지 필연코."

짐승도 짐승이려니와 동이의 마음씨가 가슴을 울렸다. 뒤를 따라 장판을 달음질하려니 거슴츠레한 눈이 뜨거워질 것 같다.

"부락스런(말을 잘 듣지 않는) 녀석들이라 어쩌는 수 있어야죠."

"나귀를 몹시 구는 녀석들은 그냥 두지는 않을걸."

반평생을 같이 지내온 짐승이었다. 같은 주막에서 잠자고, 같은 달빛에 젖으면서 장에서 장으로 걸어다니는 동안에 이십 년의 세월이 사람과 짐승을 함께 늙게 하였다. 가스러진(좀 거칠게 일어난) 목 뒤 털은 주인의 머리털과도 같이 바스러지고, 개진개진(추레하고 물기가 엉겨 붙은 모양으로) 젖은 눈은 주인의 눈과 같이 눈곱을 흘렸다. 몽당비처럼 짧게 쓸리운 꼬리는, 파리를 쫓으려고 기껏 휘저어보아야 벌써 다리까지는 닿지 않았다. 닳아 없어진 굽을 몇 번이나 도려내고 새 철을 신겼는지 모른다. 굽은 벌써 더 자라나기는 틀렸고 닳아버린 철 사이로는 피가 빼짓이 흘렀다. 냄새만 맡고도 주인을 분간하였다.

호소하는 목소리로 야단스럽게 울며 반겨한다.

어린아이를 달래듯이 목덜미를 어루만져주니 나귀는 코를 벌름거리고 입을 투르르거렸다. 콧물이 튀었다. 허생원은 짐승 때문에 속도 무던히는 썩였다. 아이들의 장난이 심한 눈치여서 땀 밴 몸뚱어리가 부들부들 떨리

이효석

고 좀체 흥분이 식지 않는 모양이었다. 굴레(말이나 소의 목에서 고삐에 걸쳐 얽어 매는 줄)가 벗어지고 안장도 떨어졌다. 요 몹쓸 자식들, 하고 허생원은 호령을 하였으나 패들은 벌써 줄행랑을 논 뒤요 몇 남지 않은 아이들이 호령에 놀래 비슬비슬 멀어졌다.

"우리들 장난이 아니우. 암놈을 보고 저 혼자 발광이지."

코흘리개 한 녀석이 멀리서 소리를 쳤다.

"고녀석 말투가……."

"김첨지 당나귀가 가버리니까 온통 흙을 차고 거품을 흘리면서 미친 소같이 날뛰는 걸. 꼴이 우스워 우리는 보고만 있었다우. 배를 좀 보지."

아이는 앙토라진(감정이 안 좋은) 투로 소리를 치며 깔깔 웃었다. 허생원은 모르는 결에 낯이 뜨거워졌다. 뭇 시선을 막으려고 그는 짐승의 배 앞을 가리어 서지 않으면 안 되었다.

"늙은 주제에 암샘을 내는 셈야. 저놈의 짐승이."

아이의 웃음소리에 허생원은 주춤하면서 기어코 견딜 수 없어 채찍을 들더니 아이를 쫓았다.

"쫓으려거든 쫓아보지. 왼손잡이가 사람을 때려."

줄달음에 달아나는 각다귀에는 당하는 재주가 없었다. 왼손잡이는 아이 하나도 후릴 수 없다. 그만 채찍을 던졌다. 술기(술기운)도 돌아 몸이 유난스럽게 화끈거렸다.

"그만 떠나세. 녀석들과 어울리다가는 한이 없어. 장판의 각다귀들이란 어른보다도 더 무서운 것들인걸."

조선달과 동이는 각각 제 나귀에 안장을 얹고 짐을 싣기 시작하였다. 해가 꽤 많이 기울어진 모양이었다.

메밀꽃 필 무렵

밤길에 허생원은 성처녀와의 인연을 이야기로 풀어놓다

 드팀전 장돌림을 시작한 지 이십 년이나 되어도 허생원은 봉평장을 빼논 적은 드물었다. 충주 제천 등의 이웃 군에도 가고, 멀리 영남지방도 헤매기 는 하였으나 강릉쯤에 물건 하러 가는 외에는 처음부터 끝까지 군내를 돌 아다녔다. 닷새만큼씩의 장날에는 달보다도 확실하게 면에서 면으로 건너 간다. 고향이 청주라고 자랑삼아 말하였으나 고향에 돌보러 간 일도 있는 것 같지는 않았다. 장에서 장으로 가는 길의 아름다운 강산이 그대로 그에 게는 그리운 고향이었다. 반날 동안이나 뚜벅뚜벅 걷고 장터 있는 마을에 거지반 가까웠을 때 거친 나귀가 한바탕 우렁차게 울면 — 더구나 그것이 저 녁녘이어서 등불들이 어둠 속에 깜박거릴 무렵이면 늘 당하는 것이건만 허 생원은 변치 않고 언제든지 가슴이 뛰놀았다.

 젊은 시절에는 알뜰하게 벌어 돈푼이나 모아본 적도 있기는 있었으나, 읍내에 백중(음력 칠월 보름날)이 열린 해 호탕스럽게(기상이 높고 행실이 방탕하 게) 놀고 투전(鬪錢, 노름의 일종)을 하고 하여 사흘 동안에 다 털어버렸다.

 나귀까지 팔게 된 판이었으나 애끓는 정분(情分, 사귀어서 정이 도타워진 정도) 에 그것만은 이를 물고 단념하였다. 결국 도로아미타불로 장돌림을 다시 시작할 수밖에는 없었다. 짐승을 데리고 읍내를 도망해 나왔을 때에는 너 를 팔지 않기 다행이었다고 길가에서 울면서 짐승의 등을 어루만졌던 것이 었다. 빚을 지기 시작하니 재산을 모을 염(念, 무엇을 하려는 생각)은 당초에 틀 리고 간신히 입에 풀칠을 하러 장에서 장으로 돌아다니게 되었다.

 호탕스럽게 놀았다고는 하여도 계집 하나 후려보지는 못하였다. 계집이 란 쌀쌀하고 매정한 것이었다. 평생 인연이 없는 것이라고 신세가 서글퍼졌다. 일신(一身, 자기 한 몸, 온몸)에 가까운 것이라고는 언제나 변함없는 한 필의 당나귀였다.

그렇다고는 하여도 꼭 한 번의 첫 일을 잊을 수는 없었다. 뒤에도 처음에도 없는 단 한 번의 괴이한 인연! 봉평에 다니기 시작한 젊은 시절의 일이었으나 그것을 생각할 적만은 그도 산 보람을 느꼈다.

"달밤이었으나 어떻게 해서 그렇게 됐는지 지금 생각해도 도무지 알 수 없어."

허생원은 오늘밤도 또 그 이야기를 끄집어내려는 것이다. 조선달은 친구가 된 이래 귀에 못이 박히도록 들어왔다. 그렇다고 싫증을 낼 수도 없었으나 허생원은 시치미를 떼고 되풀이할 대로는 되풀이하고야 말았다.

"달밤에는 그런 이야기가 격에 맞거든."

조선달 편을 바라는 보았으나 물론 미안해서가 아니라 달빛에 감동하여서였다. 이지러는졌으나(한 귀퉁이가 없으나) 보름을 갓 지난 달은 부드러운 빛을 흐뭇이 흘리고 있다. 대화까지는 팔십 리의 밤길, 고개를 둘이나 넘고 개울을 하나 건너고 벌판과 산길을 걸어야 된다. 길은 지금 긴 산허리에 걸려 있다. 밤중을 지난 무렵인지 죽은 듯이 고요한 속에서 짐승 같은 달의 숨소리가 손에 잡힐 듯이 들리며, 콩포기와 옥수수 잎새가 한층 달에 푸르게 젖었다. 산허리는 온통 메밀밭이어서 피기 시작한 꽃이 소금을 뿌린 듯이 흐뭇한 달빛에 숨이 막힐 지경이다. 붉은 대궁이 향기같이 애잔하고 나귀들의 걸음도 시원하다. 길이 좁은 까닭에 세 사람은 나귀를 타고 외줄로 늘어섰다. 방울소리가 시원스럽게 딸랑딸랑 메밀밭께로 흘러간다. 앞장선 허생원의 이야기소리는 꽁무니에 선 동이에게는 확적히는(확실하게는) 안 들렸으나, 그는 그대로 개운한 제멋에 적적하지는 않았다.

"장 선 꼭 이런 날 밤이었네. 객줏집(상인의 물건을 받아 맡아서 판매하거나 상인들 간의 거래를 연결하는 영업을 하는 집) 토방(土房, 마루에 놓을 수 있게 된 처마 밑의 땅)이란 무더워서 잠이 들어야지. 밤중은 돼서 혼자 일어나 개울가에 목욕하러 나갔지. 봉평은 지금이나 그제나 마찬가지지. 보이는 곳마다 메밀밭이어서 개울가가 어디 없이 하얀 꽃이야. 돌밭에 벗어도 좋을 것을, 달이 너무나 밝은 까닭에 옷을 벗으러 물방앗간으로 들어가지 않았나. 이상한 일도 많지. 거기서 난데없는 성서방네 처녀와 마주쳤단 말이네. 봉평서야 제일가는 일색이었지……."

"팔자에 있었나부지."

아무렴 하고 응답하면서 말머리를 아끼는 듯이 한참이나 담배를 빨 뿐이었다. 구수한 자줏빛 연기가 밤기운 속에 흘러서는 녹았다.

"날 기다린 것은 아니었으나 그렇다고 달리 기다리는 놈팽이(놈팡이의 잘못된 말. 별로 하는 일 없이 노는 사내를 이르는 말)가 있는 것두 아니었네. 처녀는 울고 있단 말야. 짐작은 대고 있으나 성서방네는 한창 어려워서 들고날 판인 때였지. 한 집안 일이니 딸에겐들 걱정이 없을 리 있겠나? 좋은 데만 있으면 시집도 보내련만 시집은 죽어도 싫다지…… 그러나 처녀란 울 때같이 정을 끄는 때가 있을까. 처음에는 놀라기도 한 눈치였으나 걱정 있을 때는 누그러지기도 쉬운 듯해서 이럭저럭 이야기가 되었네…… 생각하면 무섭고도 기막힌 밤이었어."

"제천인지로 줄행랑을 놓은 건 그 다음날이렷다."

"다음 장도막(한 장날과 다음 장날 사이의 동안을 세는 단위)에는 벌써 온 집안이 사라진 뒤였네. 장판은 소문에 발끈 뒤집혀 고작해야 술집에 팔려가기가 상수라고 처녀의 뒷공론(겉으로 떳떳하게 말하지 않고 뒤에서 이러쿵저러쿵 이야기하

이효석

는 것)이 자자들 하단 말이야. 제천 장판을 몇 번이나 뒤졌겠나. 허나 처녀의 꼴은 꿩궈먹은 자리야. 첫날밤이 마지막 밤이었지. 그때부터 봉평이 마음에 든 것이 반평생을 두고 다니게 되었네. 반평생인들 잊을 수 있겠나."

"수 좋았지. 그렇게 신통한 일이란 쉽지 않아. 항용(恒用, 늘. 항상) 못난 것 얻어 새끼 낳고, 걱정 늘고 생각만 해두 진저리가 나지…… 그러나 늙으막바지까지 장돌뱅이로 지내기도 힘드는 노릇 아닌가? 난 가을까지만 하구 이 생계와두 하직(下直, 어떤 일이 마지막이 됨을 이르는 말)하려네. 대화쯤에 조그만 전방(廛房, 가게. 상점)이나 하나 벌이구 식구들을 부르겠어. 사시장천(四時長天, 늘) 뚜벅뚜벅 걷기란 여간이래야지."

"옛 처녀나 만나면 같이나 살까…… 난 거꾸러질 때까지 이 길 걷고 저 달 볼 테야."

허생원은 동이가 성처녀와 자기 사이의 아들인가 추측한다

산길을 벗어나니 큰길로 틔어졌다. 꽁무니의 동이도 앞으로 나서 나귀들은 가로 늘어섰다.

"총각두 젊겠다, 지금이 한창 시절이렷다. 충줏집에서는 그만 실수를 해서 그 꼴이 되었으나 설게(서럽게) 생각 말게."

"처 천만에요. 되려 부끄러워요. 계집이란 지금 웬 제격인가요. 자나깨나 어머니 생각뿐인데요."

허생원의 이야기로 실심(失心, 근심 따위로 맥이 풀리고 마음이 산란함)해한 끝이라 동이의 어조는 한풀 수그러진 것이었다.

"아비 어미란 말에 가슴이 터지는 것도 같았으나 제겐 아버지가 없어요.

피붙이라고는 어머니 하나뿐인걸요."

"돌아가셨나?"

"당초부터 없어요."

"그런 법이 세상에……."

생원과 선달이 야단스럽게 껄껄들 웃으니 동이는 정색하고 우길 수밖에는 없었다.

"부끄러워서 말하지 않으려 했으나 정말예요. 제천 촌에서 달도 차지 않은 아이를 낳고 어머니는 집을 쫓겨났죠. 우스운 이야기나, 그러기 때문에 지금까지 아버지 얼굴도 본 적 없고 있는 고장도 모르고 지내와요."

고개가 앞에 놓인 까닭에 세 사람은 나귀를 내렸다. 둔덕은 험하고 입을 벌리기도 대근하여(힘들어서) 이야기는 한동안 끊겼다. 나귀는 건듯하면(서두르다가 주의를 소홀히 하면) 미끄러졌다. 허생원은 숨이 차 몇 번이고 다리를 쉬지 않으면 안 되었다. 고개를 넘을 때마다 나이가 알렸다. 동이 같은 젊은 축이 그지없이 부러웠다. 땀이 등을 한바탕 쪽 씻어내렸다.

고개 너머는 바로 개울이었다. 장마에 흘러버린 널다리(널판지로 놓은 다리)가 아직도 걸리지 않은 채로 있는 까닭에 벗고 건너야 되었다. 고의를 벗어 띠로 등에 얽어매고 반 벌거숭이의 우스꽝스런 꼴로 물속에 뛰어들었다. 금방 땀을 흘린 뒤였으나 밤 물은 뼈를 찔렀다.

"그래 대체 기르긴 누가 기르구?"

"어머니는 하는 수 없이 의부(의붓아버지)를 얻어가서 술장사를 시작했죠. 술이 고주(독한 술. 또는 그런 술을 많이 마시는 사람)래서 의부라고 전 망나니('언행이 막된 몹쓸 사람'을 비유하여 이르는 말)예요. 철들어서부터 맞기 시작한 것이 하룬들 편한 날 있었을까. 어머니는 말리다가 채이고 맞고 칼부림을 당하고 하니 집 꼴이 무어겠소. 열여덟 살 때 집을 뛰쳐나서부터 이 짓이죠."

"총각 낫세(나이)론 동이 무던하다고(어지간하다고, 성질이 너그럽고 수더분하다고) 생각했더니 듣고 보니 딱한 신세로군."

물은 깊어 허리까지 찼다. 속 물살도 어지간히 센데다가 발에 채이는 돌멩이도 미끄러워 금시에 훌칠(바람 따위를 받아서 휘우듬하게 쏠릴) 듯하였다. 나귀와 조선달은 재빨리 거의 건넜으나 동이는 허생원을 붙드느라고 두 사람은 훨씬 떨어졌다.

"모친의 친정은 원래부터 제천이었던가?"

"웬걸요. 시원스리 말은 안 해주나 봉평이라는 것만은 들었죠."

"봉평, 그래 그 아비 성은 무엇이구?"

"알 수 있나요. 도무지 듣지를 못했으니까."

"그 그렇겠지."

하고 중얼거리며 흐려지는 눈을 까물까물하다가 허생원은 경망하게도 발을 빗디디었다. 앞으로 고꾸라지기가 바쁘게 몸째 풍덩 빠져버렸다. 허위적거릴수록 몸을 걷잡을 수 없어 동이가 소리를 치며 가까이 왔을 때에는 벌써 퍽으나 흘렀었다. 옷째 쫄딱 젖으니 물에 젖은 개보다도 참혹한 꼴이었다. 동이는 물속에서 어른을 해깝게('가볍게'의 경상도 방언) 업을 수 있었다. 젖었다고는 하여도 여윈 몸이라 장정 등에는 오히려 가벼웠다.

"이렇게까지 해서 안됐네. 내 오늘은 정신이 빠진 모양이야."

"염려하실 것 없어요."

"그래 모친은 아비를 찾지는 않는 눈치지?"

"늘 한 번 만나고 싶다고는 하는데요."

"지금 어디 계신가?"

"의부와도 갈라져 제천에 있죠. 가을에는 봉평에 모셔오려고 생각 중인데요. 이를 물고 벌면 이럭저럭 살아갈 수 있겠죠."

"아무렴, 기특한 생각이야. 가을이랬다?"

동이의 탐탁한 등어리가 뼈에 사무쳐 따뜻하다. 물을 다 건넜을 때에는 도리어 서글픈 생각에 좀 더 업혔으면도 하였다.

"진종일 실수만 하니 웬일이요, 생원."

조선달이 바라보며 기어코 웃음이 터졌다.

"나귀야, 나귀 생각하다 실족(失足, 발을 헛디딤)을 했어. 말 안했던가. 저 꼴에 제법 새끼를 얻었단 말이지. 읍내 강릉집 피마(성장한 암말)에게 말일세. 귀를 쫑긋 세우고 달랑달랑 뛰는 것이 나귀새끼같이 귀여운 것이 있을까. 그것 보러 나는 일부러 읍내를 도는 때가 있다네."

"사람을 물에 빠뜨릴 젠 딴은 대단한 나귀새끼군."

허생원은 젖은 옷을 웬만큼 짜서 입었다. 이가 덜덜 갈리고 가슴이 떨리며 몹시도 추웠으나 마음은 알 수 없이 둥실둥실 가벼웠다.

"주막까지 부지런히들 가세나. 뜰에 불을 피우고 훗훗이(훈훈하게) 쉬어. 나귀에겐 더운 물을 끓여주고, 내일 대화장 보고는 제천이다."

"생원도 제천으로……?"

"오래간만에 가보고 싶어. 동행하려나 동이?"

나귀가 걷기 시작하였을 때, 동이의 채찍은 왼손에 있었다. 오랫동안 아둑시니(어둠의 귀신이라는 뜻의 방언)같이 눈이 어둡던 허생원도 요번만은 동이의 왼손잡이가 눈에 띄지 않을 수 없었다.

걸음도 해깝고 방울소리가 밤 벌판에 한층 청청하게(맑고 깨끗하게) 울렸다. 달이 어지간히 기울어졌다.

이야기 따라잡기

한여름날 봉평장이 파한 후 허생원과 조선달은 물건을 정리한다. 충줏집에 한잔하러 간 두 사람은 동이가 계집과 농탕치는 모습을 보고 어린 것이 장돌뱅이 망신시킨다며 책망한다. 그러나 동이는 대꾸도 없이 조용히 술집을 나갔다가 허생원의 나귀에게 큰일이 났다며 허둥지둥 뛰어와 알려준다. 나귀는 허생원과 20년 장돌뱅이 생활을 함께 한 짐승으로, 모습이 마치 허생원과 같다. 알고보니 나귀는 암놈을 보고 발정이 난 상태였고 아이들이 비웃는 소리에 허생원은 낯이 뜨거워진다.

허생원은 다음 장인 대화로 가기 위해 조선달, 동이와 밤길을 걷기 시작한다. 고향에 한번 가본 일도 없이 혼자 몸으로 장을 떠돌던 허생원은 여자와 인연이 없었다. 단 하나 성처녀와 우연히 벌어진 첫 일뿐이었고, 오늘도 그 일을 이야기로 풀어놓는다. 조선달은 허생원에게 성처녀 이야기를 귀에 못이 박히도록 들어왔으나 또 묵묵히 들어준다.

달빛은 부드러운 빛을 흘리고 메밀밭에 하얗게 피기 시작한 꽃은 마치 소금을 뿌린 듯하다. 성처녀와 만났던 때가 바로 이런 날이었다. 개울에서 목욕하려고 물방앗간에 옷을 벗으러 들어갔다가 성서방네 처녀를 만난 것이었다. 성처녀는 봉평에서 제일가는 미인이었는데, 집안 사정으로 홀로 나와 울고 있었다. 그녀와의 첫날밤은 마지막 밤이 되고 성서방네 식구는 제천 쪽으로 줄행랑을 쳐서 연락이 끊어진 지 오래다.

동이도 자기 이야기를 풀어놓는데, 피붙이라고는 어머니뿐이고 제천에서 아비 없이 아이를 낳아 어머니는 집에서 쫓겨났다고 한다. 개울을 건너면서 동이에게 어머니의 친정이 봉평이라는 말을 듣자 동이어머니가 혹시 성처녀가 아닐까 하는 생각이 든다. 그렇다면 동이는 자기 아들일 것이었다. 허생원은 갑자기 추측이 확신으로 바뀌어가면서 정신이 아찔해지고 개울에 빠진다. 그러자 동이가 재빨리 허생원을 부축하여 업어준다.

허생원은 대화장을 거쳐 동이어머니가 산다는 제천으로 가기로 결심한다. 다시 걷기 시작하였을 때 동이가 나귀 채찍을 자신과 같이 왼손에 잡고 있는 것을 본다. 허생원은 제천으로 갈 마음을 더욱 굳히고 길을 재촉한다.

이효석

쉽게 읽고 이해하기

묘사의 백미

이 작품은 1936년 10월 『조광』에 발표한 것으로, 이효석 소설의 백미이 자 소설 묘사 문장의 백미로 꼽힌다. 소설의 이론을 설명할 때 묘사의 특징 을 보여주는 대표적 사례가 여기에 나온다. 이효석은 당시 한 좌담회에서 묘사의 기법과 그가 묘사에 대해 어떤 관심과 생각을 가지고 있었는지에 대해 말한 것이 있다. 소설에서 잎사귀가 바람에 흔들리는 묘사를 어떻게 할 것인가에 대한 대화에서, 그는 소설에서 고도의 수법은, 길게 표현하기 보다는 짧게 하면서 그 단순함 속에 복잡한 것을 암시해야 한다고 설명하 였다.

이 소설에서 우수하다고 평가받는 묘사문장은 파장 후 달밤에 허생원과 조선달, 동이가 나란히 서서 다음 장으로 넘어가는 길 풍경 부분에 있다. 부드러운 달빛, 짐승 같은 달의 숨소리, 달빛에 푸르게 젖은 콩포기와 옥수 수 잎새, 소금을 뿌린 듯한 메밀꽃밭, 향기 같은 붉은 대궁 등은 마치 시적 이미지처럼 독자의 감각을 통과하며 통일되고 심미적인 세계를 형상화한다. 소설 속에서 보름달이 뜬 달밤의 풍경 묘사는 완성도 높은 한 폭의 그림처럼 선명하게 독자에게 다가온다.

이렇게 아름다운 시공간은 마을과 마을을 잇는 중간 지점에 있다. 마을은 인간의 세계이고, 허생원과 성처녀가 얽힌 사연과 시끌벅적한 장터가 있는 현실 공간이다. 하지만 이 장에서 저 장으로 넘어가는 산길은 마을의 복잡한 현실이 사라지고 아름다운 추억이 자리잡은 공간이다. 달의 숨소리가 들릴 정도로 고요하고 시간이 멈춘 듯하다. 이로써 이 부분의 묘사는 몽환적이고 신비로운 분위기를 부각시킨다.

운명적 만남이 연속되는 서사

첫 번째 운명은 봉평에서 최고 미인인 성처녀와 허생원이 물방앗간에서 우연히 만나 인연을 맺은 이야기이다. 20년을 장돌뱅이로 늙어가는 허생원에게 성처녀는 잊을 수 없는 운명의 여인이다. 독자는 이 소설에서 처음으로 성처녀 이야기를 듣게 되지만, 동료인 조선달은 장에서 장을 넘는 산길에서 달이 뜨는 밤이면 같은 이야기를 여러 번 반복해서 들어왔다.

그런데 오늘밤은 좀 특별하다. 두 번째 운명적 만남이 일어나는 날이기 때문이다. 봉평장에서 허생원은 동이와 얽히고 동행이 되어 다음 장으로 넘어간다. 허생원과 동이의 만남은 우연한 듯 서술되지만, 이야기가 진행되어가면서 동이가 성처녀와 허생원 사이에서 태어난 아들일지도 모른다는 추측을 불러일으킨다. 동이가 허생원처럼 왼손잡이인 사실, 동이가 들려준 동이어머니 이야기는 허생원의 과거 이야기와 일치하는 부분이 많기 때문이다.

늙은 장돌뱅이의 회고담을 들으면서 독자는 이들의 운명적 만남이 행복한 결말을 향해 나아감을 느끼게 된다. 아직 성처녀와 동이어머니가 동일 인물인지 제천으로 가봐야 하는 일이 남아 있지만, 허생원의 마음은 이미 확신에 차 있다. 나아가 성처녀와 다시 운명적 재회를 하게 될 이야기는 독자들 마음속에 행복하게 그려진다.

앞에 놓인 삶을 향해 미소 지어 보라.
미소의 절반은 당신 얼굴에, 나머지 절반은 친구들 얼굴에 나타난다.
— 티베트 격언

「장미 병들다」(『삼천리』, 1938.1)는

과거 사상운동에 적극적이었던

한 여인이 꿈을 머금은

꽃에서 병든 꽃으로 전락한

현실과 인물에 대한 안타까움,

실망을 담고 있다.

장미 병들다

아담하던 꽃은 좀이 먹었을 뿐이 아니라
함빡 병들어 상하기 시작하지 않았던가.

등장인물

현보 극단에서 각본을 맡은 인물. 남죽이 아담한 꽃 같았던 학창시절만 기억했
다가 사랑의 배신을 당하는 남자. 몸과 마음 모두 상한다.

남죽 극단 여배우. 학창시절 진보 성향의 인물이었으나 현재는 몸과 마음이 모
두 타락한 여인.

장미 병들다

현보와 남죽은 거리에서 싸움을 목격하고 슬픈 감동을 받다

싸움이라는 것을 허다하게 보아왔으나 그렇게도 짧고 어처구니없고―그러면서도 싸움의 진리를 여실하게(사실과 똑같게) 드러낸 것은 드물었다. 받고 차고 찢고 고함치고 욕하고 발악하다가 나중에는 피차에 지쳐서 쓰러져 버리는―그런 싸움이 아니라 맞고 넘어지고 항복하고―그뿐이었다. 처음도 뒤도 없이 깨끗하고 선명하여서 마치 긴 이야기의 앞뒤를 잘라버린 필름의 몇 토막과도 같이 신선한 인상을 주는 것이었다. 그 신선한 인상이 마치 영화관을 나와 그 길을 지나던 현보와 남죽 두 사람의 발을 문득 머무르게 하였는지도 모른다. 그러나 두 사람이 사람들 속에 한몫 끼여 섰을 때에는 싸움은 벌써 끝물(맨 나중, 거의 끝날 무렵)이었다.

영화관, 음식점, 카페, 매약점(약을 파는 가게. 약국) 등이 어수선하게 즐비하여 있는 뒷거리 저녁때, 바로 주렴(구슬을 꿰어 만든 발. 구슬발)을 드리운 식당 문 앞이었다. 그 식당의 쿡(주방장)으로 보이는 흰 옷에 흰 주발모자를 얹은 두 사람의 싸움이었으나 한 사람은 육중한 장골(壯骨, 기운 좋게 생긴 큰 골격,

195
• • •
장미 병들다

또는 그런 골격을 한 사람)이요, 한 사람은 까무잡잡한 약질이어서, 하기는 그 체질에 벌써 승패가 달렸던지도 모른다. 대체 무엇이 싸움의 원인이며 원한의 근거였는지는 모르나 하루아침에 문득 생긴 분김이 아니요, 오래 두고두고 엉겼던 불만의 화풀이임은 두 사람의 태도로써 족히 추측할 수 있었다. 말로 겨루다 못해 마지막 수단으로 주먹다짐에 맡기게 된 것임은 부락스런 두 사람의 주먹살에 나타났었으니 약질의 살기를 띤 암팡진 공격에 한번 주춤하였던 장골은 곱절의 힘을 주먹에 다져 쥐고 그의 면상을 오돌지게(생김새나 성질이 단단하고 야무지게) 윽박았다(억지로 짓눌렀다).

소리를 치며 뒤로 쓰러지는 바람에 문앞에 세웠던 나무분(화분)이 넘어지며 분이 깨뜨러지고 노가지나무가 솟아났다. 면상(面上, 얼굴)을 손으로 가리어 쥐고 비슬비슬 일어서서 달려들려 할 때 장골의 두 번째 주먹에 다시 무르게도 넘어지고 말았다. 땅 위에 문질러져서 얼굴은 두어 군데 검붉게 피가 배고 두 줄의 코피가 실오리 같은 가느다란 줄을 그으면서 흘렀다. 단번에 혼몽(昏懜, 정신이 흐리고 가물가물함)하게 지쳐서 쭉 늘어졌음에도 불구하고 약질은 간신히 몸을 세우고 다시 한 번 개신개신(게으르거나 가냘픈 사람이 힘없이 움직이는 모양) 일어서서 장골에게 몸을 던지다가 장골이 날쌔게 몸을 피하는 바람에 걸어보지도 못한 채 또 나가 쓰러지고 말았다. 한참이나 죽은 듯이 고요한 속에서 코만 흑흑 울리더니 마른 땅에는 금시에 피가 흘러 넓게 퍼지기 시작하였다.

"졌다!"

짧게 한 마디―그러나 분한 듯이 외쳤으니 그것으로 싸움은 끝난 셈이었다.

"항복이냐?"

장골은 늠실(속에 엉큼한 마음이 있어 슬몃슬몃 넘겨다보는 모양)도 하지 않고 마치 그 벅찬 힘과 마음에 티끌만큼의 영향도 받지 않은 듯이 유들유들(부끄러운 줄 모르고 뻔뻔한 데가 있는 모양)하게 적수를 내려다보았다.

"힘이 부쳐 그렇지, 그리 쉽게 항복이야 하겠나."

"뼈다구에 힘 좀 맺히거든 다시 덤비렴."

"아무렴, 그때까지 네 목숨 하나 살려둔다."

의젓하고 유유하게 대꾸하면서 약질이 피투성이의 얼굴을 넌지시 쳐들었을 때 현보는 그 끔찍한 꼴에 소름이 끼쳐서 모르는 결에 남죽의 소매를 끌었다. 남죽도 현장에서 얼굴을 피하며 재촉을 기다릴 겨를 없이 급히 발을 돌렸다. 한참 동안 말이 없었다. 우연히 목도하게 된 그 돌연한 장면에서 받은 감격이 너무도 컸다.

강하고 약하고, 이기고 지고─이 두 길뿐. 지극히 간단하다. 강약이 부동으로 억센 장골 앞에서는 약질은 욕을 보고 그 자리에 폭삭 쓰러져버리는 그 한 장의 싸움 속에서 우연히 시대를 들여다본 듯하여서 너무도 짙은 암시에 현보는 마음이 얼떨떨하였다. 흡사 약질같이 자기도 호되게 얻어맞고 피를 흘리며 쓰러져 있는 듯도 한 실감이 전신을 저리게 흘렀다.

"영화의 한 토막과도 같이 아름답지 않아요? 슬프지 않아요?"

역시 그 장면에서 받은 감동을 말하는 남죽의 눈에는 눈물이 어리어 보였다. 아름답다는 것은 패한 편을 동정함일까? 아름다운 까닭에 슬프고 슬프리만큼 아름다운 것─눈물까지 흘리게 한 것은 별수 없이 그나 누구나가 처하여 있는 현대의 의식에서 온 것임을 생각하면서 현보는 남죽을 뒤세우고 거릿목 찻집 문을 밀었다.

차를 청해 마실 때까지도 현보와 남죽은 그 싸움의 감동이 좀체 사라지지 않아서 피차에 별로 말도 없었다. 불쾌하다느니보다는 슬픈 인상이었다. 슬픔으로 인하여 아름다운 것이었음을 남죽과 같이 현보도 느끼게 되었다. 그렇게까지 신경을 민첩하게 일으켜 세우게 된 것은 잠깐 보고 나온 영화 때문이었던지도 모른다.

영화관에는 마침 〈목격자〉가 걸려 있어서 우연히 보게 된 그 아름다운 한 편이 장면장면 남죽을 울렸다.

전체로 슬픈 이야기였으나 가련한 주인공의 운명과 애잔한 여주인공의 자태가 한층 마음을 찔렀다. 억울한 혐의로 아버지를 여읜 어린 자식을 데리고 늙은 어머니가 어둡고 처량한 저녁에 무덤 쪽을 바라보는 장면과, 흐린 저녁때의 빈민가 다리 아래 장면과는 금시에 눈물을 솟게 하였다. 다리 아래 장면에서는 거지의 자동풍금 소리에 집집에서 뛰어나온 가난한 구민(한 구(區) 안에 사는 사람)들이 그 슬픈 음악에 맞추어 춤을 추기 시작하였다. 요란한 소리를 듣고 순검이 달려와서 춤을 금하고 사람들을 헤칠 때 억울한 혐의로 아버지를 재판한 늙은 검사는 양심의 가책을 조금이라도 덜려고 가난한 사람들을 위해 항의를 하나 용납되지 못하고 사람들은 하는 수 없이 비슬비슬 그 자리를 헤어진다. 그 웅성거리는 측은한 꼴들이 실감을 가지고 가슴을 죄었다. 어두운 속에서 남죽은 흐르는 눈물을 손수건으로 몇 번이고 훔쳐냈다. 눈물로 부덕부덕한 얼굴을 가지고 거리에 나오자 당면하게 된 것이 싸움의 장면이었다. 여러 가지의 감동이 한데 합쳐서 새 눈물을 자아내게 한 것이다.

하기는 남죽들의 현재의 형편 그것이 벌써 눈물 이상의 것이기는 하다. 두 주일 이상을 겪고 가제 나온 것이 불과 며칠 전이었다. 남죽은 현재 초라한 꼴, 빈 주머니에 고향에 돌아갈 능력도 없고 그렇다고 다른 도리도 없이 진퇴유곡(進退維谷, 나아갈 수도 없고 물러설 수도 없이 궁지에 몰려 있음. 진퇴양난)

이효석

의 처지에 있는 셈이었다. 〈목격자〉 속의 주인공들보다 조금도 나을 것이 없었다. 현보와 막연히 하루를 지우려 영화구경을 나선 것도 또렷한 지향 없는 닥치는 대로의 길, 그 자리의 뜻이었다. 온전히 그날 그날의 떠도는 부평초(浮萍草, 개구리밥)요, 키 잃은 배요, 목표 없는 생활이었다.

현보는 남죽이 과거에 진보적 학생이었음을 회상하다

극단 '문화좌'가 설립되자마자 와해(瓦解, 조직이나 기능 따위가 무너져 흩어짐) 된 것이 두 주일 전이었다. 지방공연이라는 점에 중점을 두려고 일부러 서 울을 떠나 지방의 도회(도회지(都會地)의 준말. 인구가 많고 번화한 지역을 이르는 말) 로 내려와 기폭을 든 것이었으나 그것이 도리어 화 되어 엄격한 수준에 걸 린 것이었다. 인원을 짜고 각본을 선택하고 모든 준비를 마친 후 첫째 공연 을 내려왔던 것이 그렇다할 이유 없이 의외에도 거슬리는 바 되어 한꺼번에 몰아가버렸다. 거듭 돌아보아야 그럴 만한 원인은 없었고 다만 첩첩한 시대 의 구름의 탓임이 짐작될 뿐이었다. 각본을 맡은 현보는 고향이 바로 그곳 인 탓으로인지 의외에도 속히 놓이게 되고 뒤를 이어 남죽 또한 수월하게 풀리게 되었으나 나머지 인원들은 자본을 댄 민삼, 연출을 맡은 인수, 배우 인 학준, 그 외 몇몇은 아직도 날이 먼 듯하였다. 먼저 나오기는 하였으나 현보와 남죽은 남은 동무들을 생각하고 또 한 가지 자신들의 신세를 돌아보 고 우울하기 짝 없었다. 하는 노릇 없이 허구한 날 거리를 헤매는 수밖에 없 던 현보와 역시 별 목표 없이 유행가수를 지원해보았다 배우로 돌아서보았 다 하던 남죽에게 극단의 설립은 한 희망이요 자극이어서 별안간 보람 있는 길을 찾은 듯도 하여 마음이 뛰고 흥이 나는 것이 의외의 타격에 기를 꺾이

우고 나니 도로 제자리에 주저앉은 셈이었다. 파랗게 우러러보이던 하늘이 조각조각 부서져버리고 다시 어두운 구렁텅이로 밀려 빠진 격이었다.

현보의 창작 각본 〈헐어진 무대〉와 오닐의 번역극 〈고래〉의 한 막이 상연 예정이어서 남죽은 그 두 각본의 여주인공의 역할을 자기의 비위에 맞는 것으로 그지없이 사랑하였다. 예술적 흥분 외에 또 한 가지의 기쁨은 그런 줄 모르고 내려왔던 길에 구면인 현보를 칠 년 만에 뜻밖에 다시 만나게 된 것이었다. 이 기우는 현보에게도 물론 큰 놀람이자 기쁨이었다.

극단의 주목을 보게 된(받게 된) 민삼이 서울서 적어 내려보낸 인원의 열 명 속에 여배우 혜련의 이름을 발견하고 현보는 자기 작품의 주연을 맡은 그 여배우가 대체 어떤 인물일꼬 하고 호기심이 일어났을 뿐 무심히 덮어두 었던 것이 막상 일행이 내려와 처음으로 상면하게 되었을 때 그가 바로 남 죽임을 알고 어지간히 놀랐던 것이다. 혜련은 여배우로서의 예명이었다. 칠 년 전에 알고는 그 후 까딱 소식을 몰랐던 남죽은 그런 경우 그런 꼴로 우연 히 만나게 될 줄야 피차에 짐작도 못하였던 것이다. 지난날을 돌아보면서 그날 밤 둘은 끝없는 이야기와 추억에 잠겼다. 서울서 학교에 다닐 때 우연 히 세죽 남죽 자매를 알게 된 것은 그들이 경영하여 가는 책점 대중원에 출 입하게 된 때부터였다. 대중원은 세죽이 단독 경영하여 가는 것이었고 남죽 은 당시 여학교에서 공부하는 몸으로 형의 가게에 기식(寄食, 남의 집에 묵으면 서 지냄)하고 있는 셈이었다. 세죽의 남편이 사건으로 들어가기 전에 뒷일을 예료(豫料, 예측(豫測))하고 가족들의 호구지책(糊口之策, 겨우 먹고 살아가는 방책) 으로 미리 벌인 것이 소규모의 책점 대중원이었다. 남편의 놓일 날을 몇 해 고 간에 기다려가면서 세죽은 적막한 홀몸으로 가게를 알뜰히 보면서 어린 것과 동생 남죽의 시중을 지성껏 들었었다. 남죽은 어린 나이에도 철이 들어서 가게에 벌여놓은 진보적 서적을 모조리 읽은 나머지 마지막 학년 때에는 오돌지게도 학교에 일어난 사건을 지도하다가 실패한 끝에 쫓겨나고 말았다. 학업을 이루지도 못한 채 고향에 내려갈 수도 없어 그 후로는 별수 없이 가게 일을 도울 뿐, 건둥건둥(대충대충) 날을 지우는 수밖에는 없었다. 소설을 닥치는 대로 읽어대고 아름다운 목청을 놓아 노래를 불러대곤 하였다. 목소리를 닦아서 나중에 성악가가 되어볼까도 생각하고, 얼굴의 윤곽이 어글어글(시원시원)한 것을 자랑삼아 영화배우로 나갈까도 꿈꾸었다. 그 시기의 그를 꾸준히 관찰할 수 있는 기회를 가졌던 현보는 그 남다른 환경에서 자라 가는 늠출한 처녀의 자태 속에 물론 시대적 열정과 생장도 보았으나 더 많이 아름다운 감상과 애끊는 꿈을 엿보았던 것이다. 단발한 머리를 부수수 헤뜨리고(흩어지고) 밋밋하고 건강한 육체로 고운 멜로디를 읊조릴 때에는 그의 몸 그대로가 구석구석에 아름다운 꿈을 함빡 머금은 흐뭇한 꽃이었다. 건강한, 그러나 상하기 쉬운 한 송이의 꽃이었다. 참으로 아담한 꽃을 보는 심사로 현보는 남죽을 보아왔다. 그러나 현보가 학교를 마치고 서울을 떠날 때가 그들과의 접촉의 마지막이었으니 동경에 건너가 몇 해를 군 뒤 고향에 나와 일없이 지내게 된 전후 칠 년 동안 다만 책점 대중원이 없어졌다는 소문을 풍편(風便, 바람결)에 들었을 뿐이지, 그 뒤 그들이 고향인 관북으로 내려갔는지 어쨌는지, 남죽과 세죽의 소식은 생각해보지도 못했고 미처 생각에 떠오르지도 않았다. 그만한 여유조차 없는 것은 다른 사람의 생각은커녕 자신의 생활이 눈앞에 가로막히게 되었고, 무엇보다도 현대인으로서의 자기 개인에 대한 생각이 줄을 찾기 어렵게 갈피갈피로 찢어졌다 갈라졌다 하여 뒤섞이는 까닭이었다. 칠 년 후에 우연히 만나고 보니 시대의 파도에 농락되어 꿈은 조각조각 사라지고 피차에 그 꼴이었다. 하기는 그나

마 무대 배우로 나타난 남죽의 자태에 옛 꿈의 한 조각이 아직도 간당간당 달려 있는 셈인지도 모르나 아담하던 꽃은 벌써 좀먹기 시작한 그 어디인지 휘줄그러진(기운 없이 푹 늘어진) 한 송이임을 현보는 또렷이 느꼈다.

현보는 아담한 꽃이었던 남죽이 변해 있음을 알게 되다

시간을 보고 찻집을 나와 현보는 남죽을 데리고 큰거리 백화점으로 향하였다. 준구와 만나자는 약속이었다. 가난한 교원을 졸라댐은 마치 벼룩의 피를 긁어내려는 격이었으나 그러나 현보로서는 가장 가까운 동무이므로 준구에게 터놓고 남죽의 여비의 주선을 비추어둔 것이었다. 남죽에게는 지금 '살까 죽을까 문제'가 아니라 '목격자' 속의 빈민들에게 거리의 음악이 필요하듯이 고향으로 내려갈 여비가 필요하였다. 꿈의 마지막 조각까지 부서져버린 이제 별수 없이 고향으로 내려가 몸도 쉬고 마음도 가다듬는 수밖에는 없었다. 고향은 넓은 수성평야의 한가운데여서 거기에서는 형 세죽이 밭을 가꾸고 염소를 기르고 있다는 것이었다. 남편이 한번 놓였다 재차 들어가게 된 후 세죽은 이번에는 고향에다 편편하게 자리를 잡고 책점 대신에 평야의 한복판에서 염소를 기르게 되었다는 것이다. 도회에 지친 남죽에게는 지금 무엇보다도 염소의 젖이 그리웠다. 염소의 젖을 벌떡벌떡 마시고 기운차게 소생됨이 한 가지의 원이었다.

몇십 원의 노자쯤을 동무에게까지 빌리기가 현보로서는 보람 없는 노릇이었으나 늘 메말라서 누런 '현대의 악마'와는 인연이 먼 그로서는 하는 수 없는 것이었다. 찻집이라도 경영해볼까 하다가 아버지에게 호통을 들은 후부터는 돈을 타 쓰기도 불쾌하여서 주머니에는 차 한 잔 값조차 동떨어질 때가 있었다. 누구나 다 말하기를 꺼려하고 적어도 초연한 듯이 보이려고 하는 '돈'의 명제가 요사이 와서는 말하기 부끄러우리만치 자나깨나 현보의 머리를 차지하게 되었다. 그 '악마'에 대한 절실한 인식은 일종의 용기를 낳아서 부끄러울 것 없이 준구에게 여비 일건(一件, 한 가지)을 부탁하고 남죽에게는 고향 언니에게도 간청의 편지를 내도록 천연스럽게 일렀던 것이다. 그러나 막상 휘줄그레한 포라(포럴. 바탕에 숨구멍이 많이 나있는 직물의 한 가지) 양복에 땀에 젖은 모자를 쓴 가련한 그를 대하였을 때 현보는 준구에게 그것을 부탁하였던 것을 일순(일순간, 한순간) 뉘우쳤다. 휘답답한 그의 꼴이 자기의 꼴과 매일반(마찬가지)임을 보았던 까닭이다. 그래도 의젓한 걸음으로 층계를 걸어 올라 식당에 들어가 두 사람에게 자리를 권하고 음식을 분부하고 난 후, 준구를 손수건을 내서 꺼릴 것 없이 얼굴과 가슴의 땀을 한바탕 훔쳐냈다.

"양해하게. 집에는 아이들이 들끓구 아내는 만삭이 되어서 배가 태산 같은데두 아직 산파두 못 댔네. 다달이 빚쟁이들은 한 두름씩 문간에 와 왕머구리(왕개구리. '머구리'는 개구리의 옛말)같이 와글와글 짖어대구……. 어쩌다가 이렇게 됐는지 이제는 벌써 자살의 길밖에 눈앞이 보이는 것이 없네……. 별수 있던가. 또 교장에게 구구히 사정을 하구 한 장을 간신히 돌려왔네. 약소해서 미안하나 보태 쓰도록 하게."

봉투에 넣고 말고 풀 없이 꾸겨진 지전 한 장을 주머니에서 불쑥 집어내어서 현보의 손에 쥐어주는 것이다. 현보는 불현듯 가슴이 찌르르하고 눈시울이 뜨거웠다. 손 안에 남은 부풀어진 지전과 땀 밴 동무의 손의 체온에 찐득한 우정이 친친 얽혀서 불시에 가슴을 죈 것이다.

남죽은 새삼스럽게 고맙다는 뜻을 표하기도 겸연쩍어서 똑바로 그를 바라보지도 못하고 시선을 식탁 위에 떨어뜨린 채 손가락으로 머리카락을 오리오리 매만질 뿐이었다. 낮이 익지도 못한 여자의 앞에서까지 가리울 것 없이 집안 사정 이야기를 터놓고 하지 않으면 안 되는 가난한 시민의 자태가 딱하고 측은하고 용감하여서 그 순간 그 자리에서 살며시 꺼지고도 싶은 무거운 좌중의 기분이었다.

거리에 나와 준구와 작별한 뒤까지도 현보와 남죽은 심사가 몹시 울가망하였다(근심스럽거나 답답하여 기분이 나지 않다). 현보는 집에 돌아가기가 울적하고 남죽 또한 답답한 숙소에 일찍 들어가기가 싫어서 대중없이 밤거리를 거닐기 시작하였다. 동무가 일껏 구해준 땀내나는 돈을 도로 돌릴 수도 없어 그대로 지니기는 하였으나 갖출 것도 있고 하여 여비로는 적어도 그 다섯 갑절(어떤 수나 양을 두 번 합친 것. 배)이 소용이었다(필요하였다). 현보는 다른 방법을 생각하기로 하고 그 한 장 돈의 운명을 온전히 그날 밤의 발길의 지향에 맡기기로 하였다.

레코드나 걸고 폭스트롯(1910년대 초기 미국에서 시작한 사교춤)이나 마음껏 추어보았으면 하는 것이 남죽의 청이었으나 거리에는 춤을 출 만한 것이 없고 현보 자신은 춤을 모르는 까닭에 뒷골목을 거닐다가 결국 조촐한 바에 들어갔다. 솔내 나는 '진'을 남죽은 사양하지 않고 몇 잔이나 거듭 마셨다. 어느 결에 주량조차 그렇게 늘었나 하고 현보는 놀라고 탄복하였다. 제법 술자리를 잡고 얼굴은 붉게 물들이고 뭇사내의 시선 속에서 어울려 나가는 솜씨는 상당한 것으로 보였다. 술이 어지간히 돌았는지 체면 불구하고 레코드에 맞추어 몸을 으쓱거리더니 나중에는 자리를 일어서서 춤의 자세를 하고 발가락으로 달가락달가락 춤을 추는 것이었다.

현보 역시 취흥을 못 이겨 굳이 그를 말리지 않고 현혹한 눈으로 도리어 그의 신기한 재주를 바라볼 뿐이었다. 술은 요술쟁이인지 혹은 춤추는 세상의 도덕은 원래 허랑(말이나 행동에 거짓이 많고 착실하지 못함)한 것인지 이해하기 어려운 것은 맞은편 자리에 앉았던 아까 남죽의 귀에다 귓속말로 거리의 부랑자 백만장자의 아들이라고 가르쳐주었던 그 사나이가 성큼 일어서서 남죽에게 춤을 청하는 것이었고, 더 이상한 것은 남죽이 즉시 응하여 팔을 겨루고 스탭을 밟기 시작한 것이다. 그것이 춤의 도덕인가 보다고만 하고 현보는 웃는 낮으로 한참이나 바라보고만 있었으나 손님들의 비난의 소리 속에서 별안간 여급이 달려와서 춤은 금물(禁物, 해서는 안 되는 일)이라고 질색하고 두 사람을 가르는 바람에 현보는 문득 정신이 들면서 이 난잡한 꼴에 새삼스럽게 눈살이 찌푸려졌다.

남죽의 취중의 행동도 지나쳐 허랑한 것이었으나 별안간 나타난 부랑자의 유들유들한 심보가 괘씸하게 느껴져서 주위에 대한 체면과 불쾌한 생각에, 책임상 비틀거리는 남죽의 팔을 끌고 즉시 그 자리를 나와버렸다. 쓸데없이 허튼 곳에 그를 끌어온 것이 뉘우쳐져서 분이 좀체 가라앉지 않았다.

"아무리 부랑자기로 생면부지(生面不知, 이전에 만나본 일이 없어 전혀 모르는 사람)에 소락소락……. 안된 녀석."

"노여하실 것 없는 것이 춤추는 사람끼리는 춤을 청하는 것이 모욕이 아니라 도리어 존경의 뜻인걸요. 제법 춤의 격식이 익숙하던데요."

남죽의 항의에는 한마디 대꾸할 바를 몰랐으나 그러면 그 괘씸한 심사는 질투에서 나온 것이었던가? 그렇다면 남죽을 얼마나 사랑하고 있는 셈인가 하고 현보는 자신의 마음을 가지가지로 의심하여 보았다.

"……참기 싫어요. 견딜 수 없어요, 죄수같이 이 벽 속에 갇혀 있기가. 어서 데려가주세요, 데에빗. 이 곳을 나갈 수 없으면, 이 무서운 배에서 나갈 수 없으면 금방 미칠 것두 같아요. 집에 데려다주세요, 데에빗. 벌써 아무

것도 생각할 수 없어요. 추위와 침묵이 머리를 가위같이 누르는걸요. 무서워, 얼른 집에 데려다주세요."

남죽은 남죽으로서 딴소리를, 듣고 보니 오늘의 〈고래〉의 구절구절을 아직도 취흥에 겨운 목소리로 대로상에서 마치 무대에서와 같은 감정으로 외치는 것이었다. 북극 해상에서 애니가 남편인 선장에게 애원하고 호소하는 그 소리는 그대로가 남죽 자신의 절절한 하소연이기도 하였다.

"……이런 생활은 나를 죽여요. 이 추위, 무서움, 공기가 나를 협박해요……. 이 적막. 가는 날 오는 날 허구한 날 똑같은 회색 하늘. 참을 수 없어요. 미치겠어요. 미치는 것이 손에 잡힐 듯이 알려요. 나를 사랑하거든 제발 집에 데려다주세요……."

이튿날도 또 하루 목표 없는 지난날의 연속이었다.

고향 갈 여비를 못 구한 남죽과 현보가 밤을 같이 지내다

간밤의 무더운 기억도 있고 남죽에게 말끔하게 청산하지 못한 뒤를 끄는 감정도 남아 있고 하여 현보는 오후도 훨씬 늦어서 남죽을 찾았다. 아직도 눈알이 붉고 정신이 개운하지 못한 남죽의 청을 들어 소풍 겸 강으로 나갔다.

서선 지방의 그 도회는 산도 아름다우려니와 여름 한철이면 강 위에는 배가 흔하게 떴다. 나룻배, 고깃배, 석탄 배 외에 지붕을 덩그렇게 단 놀잇배와 보트와 모터보트가 강 위를 촘촘하게 덮었다. 놀잇배에서는 노래가 흐르고 춤이 보여서 무르녹은 나무 그림자를 띄운 강 위는 즐거운 유원지로 변한다. 산 너머 저편은 바로 도회에서 생활과 싸움으로 들볶닥거리건만 산 건너 이편은 그와는 별세상인 양 웃음과 노래와 흥이 지천으로 물 위를 흘렀다.

현보와 남죽도 보트를 세내서 타고 그 속에 한 몫 끼어서 시원한 물세상 사람이 된 듯도 싶었다. 백양나무가 늘어선 위로 흰 구름이 뭉실뭉실 떠서 강 위에서는 능라도 일대의 풍경이 아름다웠다. 현보는 손수 노를 저으면서 물결을 거슬러 올라가 섬게로 향하였다. 속을 헤아릴 수 없는 푸른 물결이 뱃전을 찰싹찰싹 쳤다.

"언니에게서 편지가 왔는데⋯⋯. 요새는 염소 젖도 적구 그렇게 쉽게 노자를 구할 수 없다나요."

남죽의 소매 속에서 집어낸 편지를 봉투째 서너 조각으로 쭉쭉 찢더니 물 위에 살며시 띄웠다. 별로 언니를 원망하는 표정도 아니요, 다만 침착한 한 마디의 보고였다.

"며칠 동안 카페에 들어가 여급 노릇을 해서 돈을 벌어볼까요?"

이 역시 원망의 소리가 아니고 침착한 농담으로 들리기는 하였으나 그 어디인지 자포자기의 기색이 보이지 않는 것도 아니었다.

"차차 무슨 방법이든지 있을 텐데 무얼 그리 조급하게 군단 말요."

현보는 당찮은 생각은 당초에 말살(抹殺, 존재를 없애버림. 부정하거나 무시함) 시켜 버리려는 듯이 어세(語勢, 어기(語氣). 말을 할 때의 어조나 기세)가 급하고 퉁명스러웠다. 그러나 고향을 그리는 남죽의 원은 한결같이 절실하였다.

"얼음 속에 갇혀 있으면 추억조차 흐려지나 봐요. 벌써 머언 옛일 같아요⋯⋯. 지금은 6월 라일락이 뜰 앞에 한창이고 담 위 장미는 벌써 봉오리가 앉았을걸요."

이것은 남죽이 늘 즐겨서 외는 〈고래〉 속의 한 구절이었으나 남죽의 대사는 이것으로서 그치는 것이 아니었다. 물 위에 둥둥 떠서 멀리 사라지는 찢어진 편지 조각을 바라보며 남죽의 고향을 그리는 정은 줄기줄기 면면하였다(끊어지지 않고 죽 이어져 있다).

"솔골서 시작해서 바다 있는 쪽으로 평야를 꿰뚫은 흰 방축이 바로 마을 앞을 높게 내달고 있어요. 방축이라니 그렇게 긴 방축이 어디 있겠어요. 포플라 나무가 모여서고 국제 열차가 갈리는 정거장 근처를 지나 바다까지 근 10리 장간을 일직선으로 뻗쳤는데 인도교와 철교 사이를 거닐기에두 20분이나 걸려요. 물 한 방울 없는 모래개천을 끼고 내달은 넓은 둑은 희고 곧고 깨끗해서 마치 푸른 풀밭에 백묵으로 무한대의 일직선을 그은 것두 같구, 둑 양편으로 잔디가 쪽 깔린 속에 쑥이 나고 패랭이꽃이 피어서 저녁 해가 짜릿짜릿 쬐면 메뚜기와 찌르레기가 처량하게 울지요. 풀밭에는 소가 누운 위로 이름 모를 새가 풀 위를 스치면서 얕게 날고 마을을 향한 한쪽에는 조, 수수, 옥수수밭이 연하여서 일하는 처녀 아이가 두어 사람씩은 보이죠. 여름 한철이면 조카 아이와 같이 염소를 끌고 그 뚝 위를 거닐면서 세월없이 풀을 먹여. 항구를 떠난 국제 열차가 산모퉁이를 돌아 기적 소리가 길게 벌판을 울려올 때, 풀 먹던 소는 문득 뿔을 세우고 에헤헤헤헤헤 하고 새침하게 한바탕 울어대군 해요. 마을 앞의 그 둑을 고향의 그 벌판을! 나는 얼마나 사랑하는지 몰라요. 그리운지 모르겠어요."

남죽의 장황한 고향의 묘사는 무대 위에서와는 또 다르게 고요한 강물 위를 자유롭게 흘러내렸다. 놀잇배에서 흘러나오는 레코드의 음악이 속된 유행가가 아니고 만약 교향악의 반주였던들 남죽의 대사는 마디마디 아름다운 전원교향악으로 들렸을 것이다. 그의 '전원교향악'에 취하였던 것은 아니나 그의 고향에 대한, 적어도 현재 이외의 생활에 대한 그리운 정이 얼마나 간절한가를 느끼며 현보는 속히 여비를 구해야 할 것을 절실히 생각하면서도 능라도와 반월도 사이의 여울로 배를 저어 올렸다. 얕아는졌으나 센 물살을 거슬러 저으면서 섬에 오를 알맞은 물기슭을 찾았다.

"첫가을이면 송이의 시절……. 좀 이르면 솔골로 표송이 따러 가는 마을 사람들이 둑 위를 희끗희끗 올라가기 시작하겠어요. 봉곳이 흙을 떠받들고 올라오는 송이를 찾았을 때의 기쁨! 바구니에 듬직하게 따가지고 식구들과 함께 둑길을 내려올 때면 송이의 향기가 전신에 흠뻑 배이지요. 풋송이의 향기……. 〈고래〉 속의 라일락의 향기 이상으로 제겐 그리운 것예요."

듣는 동안에 보지 못한 곳이언만 현보에게도 그의 말하는 고향이 한없이 그리운 것으로 생각되었다. 모래바닥이 보이는 강가로 배를 몰아놓고 섬기슭을 잡으려 할 때 배가 몹시 요동하는 바람에 꿈에 잠겼던 남죽은 금시에 정신이 깬 모양이었다. 백양나무가 늘어선 사이로 새 풀이 우거져서 섬 속은 단걸음에 뛰어 들어가고도 싶게 온통 푸르게 엿보였다. 발을 벗고 물 속을 걷기도 귀찮아서 남죽은 뱃전에 올라서서 한 걸음에 기슭까지 뛰어 건너려 하였다. 뒤뚱거리는 배를 현보가 뒤에서 붙들기는 하였으나 원체 물의 거리가 먼데다가 남죽은 못 미치는 다리에 풀뿌리를 밟은 까닭에 껑청 발을 건너자 배가 급각도(급한 각도)로 기울어지며 현보가 위태하다고 느꼈을 순간 풀뿌리에서 미끄러지며 볼 동안에 전신을 물속에 채워 버렸다. 현보가 즉시 신발채로 뛰어들어 그의 몸을 붙들어 일으키기는 하였으나 전신은 물에 빠진 쥐였다. 팔에 걸린 몸이 빨랫감같이도 차고 무거웠다.

하루의 작정이 흐려지고 섬의 행락(行樂, 잘 놀고 즐겁게 지냄)이 틀어졌다. 소풍이 지나쳐 목욕이 된 셈이나 물에 빠진 꼴로는 사람들 숲에 섞일 수도 없어 두 사람은 외따로 떨어져 섬 속의 양지를 찾았다. 사람들 엿보지 못하는 호젓한 외딴 곳에서 젖은 옷을 대충 말리는 수밖에는 없었다. 현보는 신과 바지를 벗어서 널고 남죽은 속옷만을 남기고 치마저고리를 벗어서 양지

쪽 풀밭에 펴놓았다. 차라리 해수욕복이나 입었던들 피차에 과히 야릇한 꼴들은 아니었을 것이나 옷을 반씩들 벗은 이지러진 자태—마치 꼬리와 죽지를 뽑히고 물벼락을 맞은 자웅의 닭과도 같은 허수한 꼴들은 한층 우스운 것이었다. 더구나 팔다리와 어깨를 온전히 드러내고 젖어서 몸에 붙은 속옷바람으로 풀밭에 선 남죽의 꼴은 더욱 보기 딱한 것이어서 그 자신은 그다지 시스러워(스스러워. '시스럽다'는 스스럽다의 비표준어임. 정분이 두텁지 않아 조심스러워며 수줍고 부끄럽다는 뜻) 여기지 않음에도 현보는 똑바로 보기 어려워 자주 외면하지 않을 수 없었다. 별수 없이 그 꼴 그대로 틀어진 반날을 옷 말리기에 허비하고 내려올 때, 두 사람은 불시에 마주 보고 껄껄껄 웃어댔다. 하루의 이지러진 희극을 즐겁게 끝막으려는 듯 웃음소리는 고요한 저녁 강 위에 낭랑하게 퍼졌다.

그 꼴로 혼자 돌려보내기가 가여워서 현보는 그 길로 남죽의 숙소에 들른 채 처음으로 밤이 이슥할 때까지 같이 지내게 되었다. 뜻 속의 것이었던지 혹은 뜻밖의 것이었던지 그날 밤 현보는 또한 남죽과 모든 열정을 주고받았다. 그것은 반드시 한쪽의 치우친 감정의 발작이 아니라 피차의 똑같은 감정의, 말하자면 공동 합작이었으며 그 감정 또한 우연한 돌발적인 것이 아니요 참으로 7년 전부터 내려오는 묵고 익은 감정의 합류였다. 늦은 밤거리에 나왔을 때 현보는 찬란한 세상을 겪은 뒤의 커다란 피곤을 일시에 느꼈다.

현보는 통장을 훔치나 남죽은 몸을 팔아 이미 고향으로 가다

일이 일인 만큼 큰 경험 후에 오는 하루를 현보는 집에 묻힌 채 가지가지 생각에 잠겼다. 묵은 감정의 합류라고는 하더라도 하필 그 시간에 폭발된 것은 이때까지 피차에 감정을 감추고 시험해왔던 까닭일까. 그런 감정에는 반드시 기회라는 것이 필요한 탓일까 생각하였다. 결국 장구한 시기를 두었다가 알맞은 때를 가늠보아 피차에 훔쳐낸 감정에 지나지 않았다. 사랑하기에는 너무도 어처구니없는 것인지는 모르나 그러나 사랑이 아니라고 할 수도 없는 것이, 비록 미래의 계획이 없는 한 막의 애욕극이었다고는 하더라도 거기에 이르기까지는 오랜 시간의 양해가 있었던 것이라고 생각하였다. 남죽의 허랑한 감정을 의심도 하여 보았다. 대체 지난 7년 동안의 그에게는 완전히 괄호 안의 비밀인 남죽의 생활이 어떤 내용의 것이었을까 하는 것이었다. 그에게 있어서 간간이 생리의 정리가 필요하듯이 남죽에게도 그것이 필요하지 않았을까?

혹은 한 번쯤은 결혼까지 하였다가 실패하였는지도 모르며, 더 가깝게 가령 그와 다시 만나기 전에 친히 지냈던 민삼과는 깊은 관계가 없었을까 하는 생각이 갈피갈피 들었으나 돌이켜보면 그렇게 그의 결벽하기를 원하는 것은 순전히 자기 자신의 지나친 욕심이며 그것을 희망할 자격은 자기에게는 없다는 것을 느끼게 되었다. 괄호 안의 비밀, 그의 눈에 비치지 않은 부분의 생활은 그의 관계할 바 아니며 다만 그로서는 그에게 보여준 애정만을 달게 여기면 족할 것이라고 결론하면서 그의 애정을 너그럽게 해석하려고 하였다.

값으로 산 애정이 아니었으나 남죽의 처지가 협착(狹窄, 자리 등이 몹시 좁음)한 만큼 현보는 애정에 대한 일종의 책임을 느껴서 그의 여비 일건을 더욱 절실히 생각하게 되었다.

그를 오래도록 붙들어둘 수 없는 이상 원대로 하루라도 속히 고향에 돌려보내는 것이 애정의 의무일 것같이 생각되었다.

여비를 갖춘 후에 떳떳이 만날 생각으로 그 밤 이후 며칠 동안은 남죽을 찾지 않았다. 여비를 갖춘대야 생판 날탕(아무것도 가진 것이 없는 사람)인 현보에게 버젓한 도리가 있을 리는 없었다. 이미 친한 동무 준구에게 한 번 청을 걸어 여의치 못한 이상 다시 말해볼 만한 알맞은 동무는 없었으며 그렇다고 그의 일신에 돈으로 바꿀 만한 귀중한 물건을 지닌 것도 아니었다.

옳은 길이라고는 생각지 않았으나 별수 없이 남은 한 길을 취할 수밖에는 없었다. 진종일을 노리다가 사랑 문갑에서 예금통장을 집어내기에 성공하였던 것이다. 은행과 조합의 통장이 허다한 속에서 우편예금 통장을 손쉽게 찾아내기는 하였으나 빽빽한 주의 아래에서 그것에 성공하기에는 온 이틀을 허비하였다. 가정에 대한 그 불측한 반역이 마음을 괴롭히지 않는 바도 아니었으나 그만한 희생쯤은 이루어진 애정에 대한 정성과 봉사의 생각으로 닦아버리려고 생각하였던 것이다.

그 밤 이후 처음으로 만나는데 소용의 금액을 넌지시 내놓음이 받은 애정의 대상을 갚는 것도 같아서 겸연쩍기는 하였으나 그러나 한편 돈을 가진 오후는 되어서 남죽의 여관을 찾았다.

여관 안은 전체로 감감하고 방에는 남죽의 자태가 보이지 않았다. 원체 아무 세간도 없는 방인 까닭에 텅 빈 방 안을 현보는 자세히 살펴볼 것도 없이 문을 닫고 아마도 놀러 나갔으려니 하고 거리로 나왔다. 찻집과 백화점을 한 바퀴 돌고는 밤에 다시 찾기로 하고 우선 집으로 돌아왔을 때 뜻밖에 남죽의 엽서가 책상 위에 있었다.

연필로 적은 사연이 간단하게 읽혔다.

왜 며칠 동안 까딱 오시지 않았어요. 노여운 일 계세요. 여러 날 폐만 끼친 채 여비가 되었기에 즉시 떠납니다. 아마도 앞으로는 만나 뵙기 조련치 않을 것 같아요. 내내 안녕히 계세요, 남죽 올림.

돌연한 보고에 현보는 기를 뽑히고 즉시로 뒷걸음을 쳐서 여관으로 향하였다.

여러 날 안 왔다고 칭원(원통하다는 뜻을 가진 방언)을 하면서 무슨 까닭에 그렇게도 무심하고 급스럽게(급작스럽게) 떠나버렸을까? 여비라니 다따가 50원의 여비를 대체 어떻게 해서 구하였을까? 짜장 며칠 동안 카페 여급 노릇이라도 한 것일까……. 여러 가지로 생각하면서 여관에 이르러 다시 방문을 열어보았을 때 아까와 마찬가지로 텅 빈 것이었으나 그런 줄 알고 보니 사실 구석에 가방조차 없었다. 경솔한 부주의를 내책(內責, 자기의 결함이나 오류에 대하여 제 스스로 꾸짖음)하면서 그제서야 곡절(曲折, 복잡한 사연이나 내용)을 물어보려 안문을 들어서서 주인을 찾았다.

궂은 일을 하던 노파는 치맛자락으로 손을 훔치면서 한 마디 불어대고 싶은 듯도 한 눈치로 뜰 안에 나서며 부랴부랴 거둬가지고 떠났다는 소식을 첫마디에 이르고는 뒤슬뒤슬 속 있는 웃음을 띠었다.

"그게 대체 여배우요, 여학생이오? 신식 여자들은 겉만 보군 알 수가 없으니."

무슨 소리를 하려는 수작인고 하고 그다지 반갑지는 않았으나 현보는 잠자코 있을 수만 없어서,

"여학생으로두 보입디까?"

되레 한 마디 반문하였다.

"그럼 여배우군. 어쩐지 행동거지가 보통이 아니야. 아무리 시체(時體, 그 시대의 풍습이나 유행을 따름. 또는 그런 유행이나 풍습) 여학생이기루 학생의 처신머리가 그럴까 했더니 그게 여배우구려."

"행동이 어쨌단 말요."

"하긴 배우는 거반 그렇답디다만."

말이 시끄러워질 눈치여서 현보는 귀찮은 생각에 말머리를 돌렸다.

"식비는 다 치렀나요?"

그러나 그 한 마디가 도리어 풀숲의 뱀을 쑤신 셈이었다. 노파의 말주머니는 막았던 봇살같이 한꺼번에 터져나오기 시작하였다.

"식비 여부가 있겠수, 푸른 지전이 지갑 속에 불룩하던데. 수단두 능란은 하련만 백만장자의 자식을 척척 끌어들이는 걸 보문 여간내기가 아닌, 한다 하는 난꾼입디다. 그런 줄 알구 그랬는지 어쨌는지 아마두 첫눈에 후려낸 눈친데 하룻밤 정을 줘두 부자 자식이 좋기는 좋거든. 맨숭한 날탕이던 것이 하룻밤 새에 지전이 불룩하게 쓸어든단 말요. 격이 되기는 됐어. 하룻밤을 지냈을 뿐 이튿날루 살랑 떠난단 말요."

청천의 벼락이었다. 놀랍고 어처구니가 없어서 노파의 입을 쥐어박고도 싶었으나 그러나 실성한 노파가 아닌 이상 거짓말도 아닐 것이어서 현보는 다만 벌렸던 입을 다물 수 없었다.

"백만장자의 자식이라니, 누 누구란 말요?"

아마도 말소리가 모르는 결에 떨렸던 성싶었다.

"모르시오? 김 장로의 아들 말이외다. 부랑자로 유명한……."

현보는 아찔해지면서 골이 핑 돌았다. 더 물을 것도 없고 흉측한 노파의 꼴조차가 불현듯이 보기 싫어져서 뒤도 돌아보지 않고 허둥허둥 여관을 나와버렸다.

"그것이 여비의 출처였던가."

모르는 결에 입술이 찡그러지며 제 스스로를 비웃는 웃음이 흘러나왔다.

김 장로의 아들이라면 며칠 전에 바에서 돌연히 남죽에게 춤을 청한 놈팡이인데 어느 결에 그렇게 쉽게 교섭(交涉, 어떤 일을 이루기 위해 상대방과 만나거나 의논을 함)이 되었던가. 설사 여비를 구하기 위한 수단이라고 하더라도 어둠의 여자와 다를 바가 무엇인가 생각할 때 무서운 생각에 전신에 소름이 쪽 돋으며 허전허전 꼬이는 다리에 그 자리에 쓰러져 울고도 싶었다.

남죽은 그렇게까지 변하였던가. 과거 7년 동안의 괄호 속의 비밀까지가 한꺼번에 눈앞에 보이는 듯하여 현보는 속았다는 생각만이 한결같이 들어 온전히 제정신없이 거리를 더듬었다.

현보는 성병에 걸리고 남죽이 병든 꽃이었음을 깨닫다

우울하고 불쾌하고, 미칠 듯도 한 며칠이었다. 7년 전부터 남죽을 알아온 것을 뉘우치고 극단이고 무엇이고를 조직하려고 한 것조차 원되었다. 속은 것은 비단 마음뿐이 아니고 육체까지임을 알았을 때 현보는 참으로 미칠 듯도 한 심정이었던 것이다. 육체의 일부에 돌연히 변화가 생기기 시작한 것은 다음날부터였으나 첫경험인 현보는 다따가의 변화에 하늘이 뒤집힌 듯이나 놀랐고 첫째 그 생리적 고통은 견딜 수 없이 큰 것이었다.

몸에는 추잡한 병증이 생기며 용변할 때의 괴로움이란 살을 찢는 듯도 하여 이루 헤아릴 수 없었다. 세상에서 흔히 말하는 병이 바로 이것인가 보다고 즉시 깨우치기는 하였으나 부끄러운 마음이 대뜸 병원에도 못 가고 우선 매약점에 들렀다가 하는 수 없이 그 길로 의사를 찾았다. 진찰의 결과는 예측과 영락없이 들어맞아서 별수 없이 의사의 앞에서 눈을 감고 부끄러운 치료를 받기 시작하면서 찡그린 마음속에는 한결같이 남죽의 자태가 떠올랐다. 마음과 몸을 한꺼번에 속인 셈이나 남죽은 대체 그런 줄을 알았던가 몰랐던가.

처음에는 감격하고 고맙게 여겼던 애정이었으나 그렇게 된 결과로 보면 일종의 애욕이 사기로밖에는 생각되지 않았다. 칠팔 년 전 건강하고 아름다운 꿈으로 시작되었던 남죽의 생애가 그렇게 쉽게 병들고 상할 줄은 짐작도 할 수 없었던 것이다. 굳건한 꿈의 주인공이 7년 후 한다 하는 밤의 선수로 밀려 떨어질 줄은 생각할 수 없었던 것이다.

아담하던 꽃은 좀이 먹었을 뿐이 아니라 함빡 병들어 상하기 시작하지 않았던가.

책점 대중원 뒷방에서 겨울이면 화롯전(화로(火爐). 숯불을 담아 놓은 그릇이나 그 안에 담아 놓은 불)을 끼고 앉아서 독서에 열중하다가 이론투쟁을 한다고 아무나 붙들고 채 삭이지도 못한 이론으로 함부로 후려대다가는 이튿날로 학교의 사건을 지도한다고 조금 출출한 동무들이면 모조리 방에 끌어다가는 이론과 토의가 자자하던 7년 전의 남죽의 옛일을 생각할 때 현보는 금할 수 없는 감회에 잠기며 잠시는 자기 몸의 괴로움도 잊어버리고 오늘의 남죽을 원망하느니보다는 그의 자태를 측은히 여기는 마음이 끝없이 솟았다.

어린 꿈의 자라가는 것은 여러 갈래일 것이나 그 허다한 실례 속에서 현보는 공교롭게도 남죽에게서 가장 측은하고 빗나간 한 장의 표본을 본듯도 하여서 우울하기 짝이 없었다.

부정한 수단을 써가면서까지 여비로 만든 50원 돈이 뜻밖에도 망측한 치료비로 쓰이게 된 것을 생각하고 그 돈의 기구한 운명을 저주하면서 답답한 마음에 현보는 그날 밤 초저녁부터 바에 들어가 잠겼다.

거기에서 또한 우연히도 문제의 거리의 부랑자 김 장로의 아들을 자리에서 마주치게 된 것은 얼마나 뼈저린 비꼬움이었던가. 반지르르하면서도 유들유들한 그 꼬락서니가 언제 보아도 불쾌하고 노여운 것이었으나 그러나 남죽 자신의 뜻으로 된 일이었다면 그도 하는 수 없는 노릇이며 무엇보다도 그 당장에서 그 녀석을 한 대 먹여서 꼬꾸라뜨릴 만한 용기와 힘없음이 현보에게는 슬펐다. 녀석도 또한 그 자리로 현보임을 알아차리고 가소로운 것은 제 술잔을 가지고 일부러 현보의 탁자에 와 마주 앉으며 알지 못할 웃음을 띠는 것이다.

"이왕 마주 앉았으니 술이나 같이 듭시다."

어느 결엔지 여급에게 분부하여 현보의 잔에도 술을 따르게 하였다. 희고 맑은 그 양주가 향기로 보아 솔내 나는 것이 바로 그 밤과 같은 것이어서 이 또한 우연한 비꼬움으로밖에 생각되지 않았다.

"이렇게 된 바에 무엇을 속이겠소. 터놓고 말이지 사실 내겐 비싼 흥정이었소. 자랑이 아니라 나도 그 길엔 상당히 밝기는 하나 설마 그런 흠이 있을 줄이야 뉘 알았겠소. 온전히 홀린 셈이지. 그까짓 지갑쯤 털린거야 아까울 것 없지만 몸이 괴로워 못 견디겠단 말요. 허구헌 날 병원에만 다니기두 창피하고, 맥주가 직효라기에 날마다 와서 켰으나 이 몸이 언제나 개운해질른지⋯⋯."

술잔을 내고는 얼굴을 찡그리고 쓴웃음을 띠는 것을 보고는 녀석을 해낼 수도 없고 맞장구를 칠 수도 없어서 현보는 얼떨떨할 뿐이었다.

"당신두 별수 없이 나와 동류항(同類項, 같은 부류)일 거요. 동류항끼리 마음을 헤치구 하룻밤 먹어 봅시다그려."

하면서 굳이 술잔을 권하는 것이다.

현보는 녀석의 면상에 잔을 던지고 그 자리를 일어나고도 싶었으나⋯⋯. 실상은 웃지도 못하고 울지도 못할 난처한 표정대로 그 자리에 빠지지 앉아 있을 수밖에는 없었다.

이야기 따라잡기

극단 공연이 문제가 되어 잡혀 들어갔다가 나온 두 사람 현보와 남죽은 거리를 헤맨다. 영화 〈목격자〉를 보고 나오던 중 길거리에서 우연히 목격한 싸움은 두 사람에게 슬픈 감동을 준다.

두 사람은 7년 전부터 아는 사이이다. 남죽은 당시 진보 성향으로 학교에서 어떤 사건에 연루되어 퇴학당한 일이 있는데 현재는 극단 배우이고, 현보는 동경 유학을 거쳐 연극 각본자로 활동 중이다.

현보는 남죽을 아담한 꽃처럼 여기며 아름다웠던 과거 모습만 기억한다. 남죽이 고향에 가고 싶어 하자 현보는 어떻게든 여비를 구해주려고 하지만 사정이 여의치 않다. 그러던 중 남죽이 술집에서 낯선 남자와 자연스럽게 춤을 추는 것을 보고, 현보는 문득 이상한 느낌을 받는다. 하지만 남죽이 타락한 여인인 줄 모르고 하룻밤 사랑을 나눈다.

이제 남죽에게 여비를 마련해주고자 집에서 통장을 훔쳐 달려가지만, 남죽은 이미 술집에서 춤추던 부유한 남자에게 몸을 팔아 돈을 마련한 후다.

남죽은 이미 고향으로 떠났고, 배신감에 젖은 현보의 몸에 설상가상으로 이상 증세가 나타나고 그것은 성병으로 판명된다. 그제야 현보는 남죽이 아담한 꽃이 아니라 병든 꽃이었음을 깨닫고 허탈해한다.

쉽게 읽고 이해하기

후일담 소설

이 작품은 1938년 1월에 『삼천리』에 발표되었다. 우리 현대문학사에서 프롤레타리아 문학은 문학단체인 카프가 1935년에 공식 해산되면서 쇠퇴의 길을 걷는다. 소설에서는 과거에 사상운동에 적극적이었던 사람들이 현재는 어떻게 살고 있는지, 그 뒷이야기를 소설화하였고 이를 후일담 소설이라 한다.

소설에서 남죽은 현보가 서울에서 학교에 다니던 시절 자주 가던 서점에 살던 여학생으로, 과거 학창시절에 진보적인 운동에 가담했다 학교에서 쫓겨난 전력도 지닌 인물이다. 7년 전의 일이다. 그 당시 남죽은 참으로 아담한 꽃과 같았다고 현보는 생각했었다. 구석구석에 아름다운 꿈을 함빡 머금은 흐뭇한 꽃이었다.

현재 현보는 그녀가 변한 줄도 모르고 순정을 다 바친다. 하지만 그녀는 아담한 꽃에서 병든 장미로 전락해 있다. 현보의 상상 속에 있던 남죽은 이미 현실에 닳고 닳은 여인으로 변해 있다. 현보는 남죽이 낯선 남자에게 몸을 판 현실을 목도하고 충격에 빠진다. 과거에 누구보다 사상운동에 진보적이었던 한 여학생의 순수와 열정은 사라지고 없다. 병든 장미로 비유되는 남죽은 현보의 몸을 오염시킨 성병균과 다르지 않은 삶을 살고 있다.

싸움 장면의 상징적 의미

이 소설의 첫 장면은 현보와 남죽이 영화관 앞에서 목격하는 싸움이다. 식당 주방장 복장을 한 두 남자가 엉겨 있는데, 한 사람은 체격이 월등하게 크고 나머지는 약골이므로 싸움의 승패는 이미 결정되어 보인다. 현보는 그 싸움 속에서 우연히 시대를 들여다본 듯하여서 너무도 짙은 암시에 마음이 얼떨떨해진다. 마치 자신이 일방적으로 맞은 약골처럼 느껴지며 슬픈 정서에 젖는다.

이효석의 다른 소설 「성화」에서도 주인공이 탄 기차의 식당칸에서 요리사들이 격투하는 장면이 나오며, 「수탉」은 닭싸움이 주된 소재이다. 이처럼 여러 소설에서 반복적으로 등장하는 싸움 장면은 불안정한 시대나 등장인물의 감정을 상징적으로 보여준다. 이 소설에서 건장한 사내에게 일방적으로 패배한 약골의 싸움은, 과거의 거칠었던 사상운동이 쇠퇴한 상황일 수도 있고, 그 사상운동에 가담했다 타락한 남죽일 수도 있다. 또 남죽에게 몸과 정신 모두를 당하고도 감쪽같이 몰랐던 현보의 실망으로 볼 수도 있다.

작가 알아보기

이효석(李孝石, 1907. 2. 23~1942. 5. 25)은 누구인가?

호는 가산(可山), 강원도 평창(平昌)에서 출생했다.

제일고등보통학교를 거쳐 경성제국대학 영문과를 졸업하고, 1928년 『조광』에 단편 「도시와 유령」을 발표하면서 동반자 작가(同伴者 作家)로 문단에 등단했다.

이후 1933년 '구인회(九人會)'에 참여하기 시작했으며 그해 『조선문학』 창간호에 「돈(豚)」, 이어 「수탉」 등을 발표하면서 향토성 짙고 자연주의, 심미주의가 드러나는 문학세계를 펼쳐보인다. 1936년 평양 숭실전문학교 교수가 된 후 평양으로 건너갔으며, 「메밀꽃 필 무렵」, 「산」, 「들」 등 한층 성숙한 자연과의 교감을 나누는 작품을 발표한다.

그 후 유럽 심미주의에 대한 관심으로 서구적 향기와 성에 대해 관대한 자세를 보이는 「장미 병들다」, 「성화」, 『화분(花粉)』 등을 발표하여 주목을 받기도 했다.

아내와 아들을 잃은 후 아픔을 잊기 위해 중국, 만주를 여행하고 돌아온 후 뇌막염으로 앓아눕고, 1942년 36살의 나이로 요절했다.

　이효석 작품의 대표적 특징은 '향수'이다. 초기에 다룬 도시 빈민층의 삶과 사회적 모순 고발, 소외된 노동자들의 이야기, 고향을 무대로 한 애틋한 사랑 등을 다룬 작품에서는 고향과 인간에 대한 향수가 드러난다. 그 향수는 좀 더 깊숙이 들어가 원초적 인간의 본능을 은밀히 드러내기도 한다.

　후기 작품에서는 서양에 대한 향수가 잘 묻어난다. 서구(특히 유럽)적인 것을 동경하며 그들 삶과 성에 대한 시각 등을 동경하였던 작가의 정서는 「장미 병들다」 등을 통해 잘 나타난다. 데뷔 때부터 장점으로 꼽히던 작가 특유의 서정적 문체로 잘 승화시키면서 다른 작품과 다른 뚜렷한 색체를 드러낸다.

말이 입 안에 있을 때는 네가 말을 지배하지만,
말이 입 밖에 나오면 말이 너를 지배한다.
― 유대 격언